永遠のおでかけ

益田ミリ

毎日文庫

永遠のおでかけ

挿絵　益田ミリ
装幀　大久保伸子

永遠のおでかけ　目次

一　叔父さん

叔父が亡くなった。

亡くなる前、お見舞いに行った。入院先はホスピスだと聞いていたので、おそらくこれが最後のお別れになるのだろうと思いながら新幹線に乗ったのだった。

顔を見たら、きっと泣いてしまうだろう。

数年ぶりに会う姪っ子が、病室に入ってきたとたんに泣いたら叔父がどう思うかわからなかった。

正月の親戚の集まりにもぱったり行かなくなった。無精して年賀状一枚出していない。最後に会ったのはいつだったか。

お見舞いに行ったら、叔父さんは喜んでくれるだろうか。

残された尊い時間を、わたしに会うためなんかに使わせてしまっていいんだろうか。

本を開く気にもなれず、東京から大阪に着くまでずっと窓の外を見ていた。

叔父は病室ではなく共用スペースになっている明るいラウンジにいた。車椅子に腰掛けていた。ずいぶん痩《や》せた姿を見て涙がこぼれた。ホスピスということは、叔父もすべてわかっているのだ。がまんできたはずの涙は、そんな甘えからの涙でもあった。

なんと声をかけていいのかわからず、

「おっちゃん、来たよ」

と、わたしは言った。

ちょうど他にも親戚が来ていたので、一緒にお茶を飲みながら話した。明るくて人好きのする叔父である。話していると笑いも起こった。

それで、つい調子にのって、

「もうすぐ東京でオリンピックもあるしな」

わたしが言うと、今の自分にはオリンピックなんかまったく興味がないと叔父は言った。

わたしは自分に嫌気がさした。叔父がオリンピックを見られるはずがないのに。

東京に戻って2週間後に叔父が亡くなったと連絡があった。

叔父は静かに横たわっていた。

おでこに、そっと手をあててみた。ひんやりと冷たかった。はじめて触る叔父のおでこだった。頬ではなく、おでこに手が伸びたのはなぜなのだろう。頬は気安すぎるように思えた。

叔父夫妻には子供がなかった。わたしの妹は大人になってからも叔父の家に遊びに行ったり、父の日や母の日に花を贈ったりしていた。姉のわたしは昔から甘え下手だった。たくさんいる姪っ子たちの中でも、叔父との思い出が一番少ないのではないか。お通夜やお葬式でも、わたしなどが叔父との思い出話をする立場ではないように思えた。だから、なにも言わずにおいた。泣く資格さえないかもしれないとまで思った。なのに、涙は次から次から溢れた。みな驚いていたかもしれない。わたしなりにやさしかった叔父さんのことが大好きだったのだ。

わたしが4、5歳のころ、叔父が家に遊びに来たことがあった。ひとりで来たから、まだ結婚前だったのだろう。

叔父さんに飲み物を持って行く、という大役を母に与えられ、わたしは台所からそーっとそーっと麦茶を運んだ。

お客様用の、ほっそりとしたガラスのコップ。飲み慣れた麦茶がとてもおいしそうに見えた。飲んでみたくなり、わたしは箪笥《たんす》の陰でこっそり一口飲んだ。

なに食わぬ顔で叔父の前にその麦茶を出すと、

「そこで一口飲んだやろ」

叔父が言って驚いた。掛けてあった鏡にわたしの様子が映っていたらしい。わたしは恥ずかしくてもじもじした。叔父は愉快そうにしていた。

わたしが大人になってからのこと。20代のはじめだった。父がしばらく入院していたとき、見舞いに来ていた叔父と駅まで一緒に帰ったことがあった。

「お茶でもしよか」

叔父が言い、駅前の喫茶店に入った。ふたりともケーキを注文した。ケーキに巻いてあったセロハンを、わたしがフォークでくるくるっと巻いて取るのを見て、

「そんなふうにするんか、知らんかった」

叔父は感心してくれた。

なんの話をしたのかは覚えていないが、わたしたちは向かい合ってケーキを食べた。

窓側の席だった。叔父は忘れずにいてくれただろうか。

あれは、いつのお正月だったか。

毎年元日は父の兄の家に集まるのが親戚内での恒例になっていた。テーブルを3つつなげての、にぎやかな新年会。お年玉をもらい、おせちを食べた。うちの両親もそうだが、酒が飲めない者ばかりだった。

末っ子の叔父がそんな食事の席でふと口にした言葉を覚えている。

「子供がおらんかて、ふたりでいろいろしゃべることあるんやで」

わたしは「子供」である自分の価値を、とても高いものだと思っていた。わたしや妹がいることで父と母の幸せが成り立っているのだとも思っていた。

しかし、叔父は、夫婦ふたりでも「いろいろしゃべることあるんやで」と笑った。わたしはそんなもんなのかと驚き、また、ひどく安心した。叔父は叔父の世界で豊かであったのだ。人の幸せは多面的であった。

新年会といっても酒がないと食事も早く終わった。食後は甘い物を食べ、大人も一緒にトランプをしたり、ゲームをしたりしたものだった。

叔父の棺《ひつぎ》に手紙を入れることになった。わたしは、「やさしくしてくれて、ありがとう」と書いた。

親戚の誰かが、わたしが新聞連載しているエッセイの切り抜きを持ってきて、それも入れてくれた。叔父が読んでくれていたのをそのときはじめて知った。

それなら、叔父との思い出だって書いていたのに。

ふたりでケーキを食べた夜のこととか。わたしが叔父さんを大好きだったこととか。

わたしにしかできないこともあったのだ。悔やんでも仕方がないのに、悔やまずにはいられなかった。

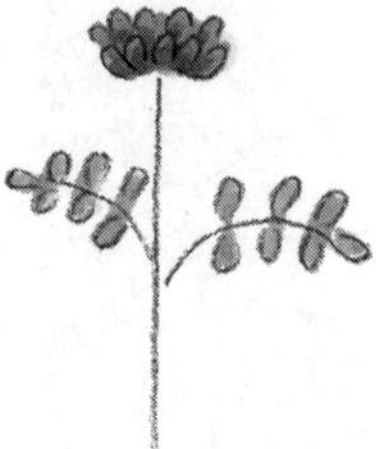

二　タクシーの中で

「ドア、閉めますよ〜」

タクシーの運転手の声はほがらかだった。何歳くらいだったか。60代後半か、70代のはじめか。真っ白な手袋に好感が持てた。

普段、タクシーの中で会話をすることはほとんどないのだが、その夜、わたしは後部座席で口を開いた。

「疲れた……。ほんと、いやになっちゃった」

いやな感じの言い方をする人に会った。ずいぶん会わない間にそういうことを言う人になっていた。いや、今まで言わなかっただけで、いつか言ってやろうと思っていたのかもしれない。まわりくどいものだから、なにが言いたいのか判断し損ねたままおひらきになった。結局、単なる嫌味であった。

あとになれば、ことばを見つけ出せる。考え抜いた軽妙な切り返しが頭の中でぐるぐるしている。でも、その時のわたしは、えー、とか、うーん、という困った声を発するのがやっと。いつもそうだ。ことばが1時間ほど遅れてやってくるのである。

タクシーに乗る前のわたしは、ファミレスにいた。

終電ぎりぎりに最寄り駅につき、しかし、腹を立てたまま家に帰りたくない。汚れた空気が玄関先にちらばりそうな気がした。それで、一旦、駅前のデニーズに寄ったのだった。

「デニーズへようこそ!」

元気よく言ってもらいたい気分でもあった。

平日、午前零時のデニーズは、それほど混んでいなかったが空いているともいえぬ程度に客がいた。仕事帰りだろうか、ひとりで夕飯を食べる女性客もいる。向かいの席のスーツ姿の男性は、ひとりビールを飲んでいた。わたしもふくめ、みな、ぼんやりと仲間のような気がした。

ホットティーを飲みながら考える。

話術が世界をまわしている。

この世を動かしているのは、巧《たく》みに話せる人なのだ。

いつだってそうなのだ。映画ひとつにしても理路整然と語れる人の感想がその場の正解になっていく。

そういう人は、たいてい引用がうまい。誰かの意見を器用に入れ込み、多勢で攻めてくる。

上手にしゃべるものだなぁ。

感心している間に次の話題になっている。

たまに引用が多すぎて、

「この人の意見はどこにあるのだろう?」

首をかしげたくなることもある。意見どうこうより、場を制するのが重要という考え方なのかもしれない。

深夜のデニーズ。

買った小説でも読もうと開くが、いらいらしているからまったく頭に入ってこない。

小説ではなく自己啓発本を買えばよかったのだろうか。なにか、今のわたしにぴったりのタイトルがついたような。その場で言い返せるようになる本、とか？

旅や仕事で新幹線に乗る前に、たまに自己啓発本を買うことがある、と言うと、

「えっ、そういうの読むんだ？」

たいてい驚かれる。

ええ、ええ、読みますとも。強い心になって、傷つかずに生きたいのである。しかし、何冊読んだところで相変わらずずたずたに傷つき、深夜のデニーズにいるのだった。

自己啓発本を読んでいるときは、

「なるほど、そうか、次からはこうしよう！」

と肝が据《す》わる。しかし、本を閉じてしまったらまったく覚えていない。その手の本が本棚に大量にあるのもなんなので、たいてい降車駅に着いたら処分している。読み返すこともない、いわば吹き抜ける風のようなもの……。

「でもね、マスダさん、自己啓発本はじわじわ染みているんですよ」

と、雑談中の相手に言われたことがある。

「染みるって？」

「忘れたと思っても、何冊も読んでいると自然と本のとおりの行動ができるようになっていくんです。だから、書店に大量にあるんですよ」

むむむ。もしそうなら、いつかわたしも話術の達人になれるのだろうか？　なりたいと、思う半面、なりたくない、とも思う。なりたくないのかよ！　ひとりつっこみながらデニーズを後にした。


タクシーの運転手は、疲れた客に慣れているのだろう。

「都会にはいろんな人がいますからねぇ」

わたしの「いやになっちゃった」を、さらりと受け止めてくれた。

「わたしがやさしそうに見えるからって、好き勝手なこと言う人がいるんですよ！」

自分のことを「やさしそう」などと図々しくアピールできるのも、二度と会わない気安さである。

デニーズから家まで普段ならタクシーで1メーター。深夜工事をしていたので、その夜はもう少しかかった。

「わたし思うんですけど、楽して働いている人なんていませんよね。そう思いません？」

運転手は、そうです、そうです、そのとおりですと、絶妙な間《あい》の手を入れてくれた。

「お客さん、生まれは東京ですか？」

聞かれて、いいえ、地方です、とわたしは答えた。

「田舎に帰りたいって思いますか？」

と、運転手は言った。

「思いません、東京好きだし」

わたしは、即答した。

運転手は「ほほぅ」と感心したあと、「じゃ、大丈夫ですよ」と笑った。

わたしは、彼がそう言うであろうことを念頭において、「思いません、東京好きだし」

と言ったのである。

「大丈夫ですよ」ということばを聞いて一日を終えたかった。

そういう夜の話である。

三　売店のビスケット

叔父が亡くなって1年も経たないうちに、今度は父の具合が悪くなった。急にがくんと悪くなった。救急車で運ばれたと母から連絡があり、仕事の段取りを整え、二日後に東京から病院に向かってみれば、父は青白く、乾ききっていた。もともと痩せていたのだが、さらにほっそり。竹箒《たけぼうき》のようである。

とはいえ、意識ははっきりしており、ゆっくりとではあるが自力で歩けている。想像していたより元気だったが、わたしの想像が危篤《きとく》レベルであったため、それに比べれば元気というだけである。

4人部屋の廊下《ろうか》側に父のベッドはあった。父と母が並んでベッドに座り、わたしはひとつある丸椅子に腰掛けた。心配して駆けつけたのだが、そういう感じで父と接するのも気恥ずかしく、夏休みにふらっと戻ってきた娘を演じる。

「ここ、ごはん、おいしいの？」

明るくわたしが聞くと、

「おかゆや」

と、父。こっそりふりかけを掛けて食べているらしい。

体力が落ち、声量も落ちた。普段なら、うんざりするほど声がデカい人なのだ。

かぼそい声で父は言った。

「ビスケットでも食いたいなぁと思たんやけど、売店行ってまで買うてくるんもめんどくさいなぁ思て、行かんかった」

ビスケットを買ってきてほしい、というのを遠回しに伝えているのである。

「わたし、買うてくるわ」

財布を持って立ち上がり、エレベーターで一階に下りた。

病人に食べたい物をリクエストされるのはうれしい。生きることに貢献できる喜びである。

小さな売店には、入院している人と見舞いに来た人とが必要なものが、バランスよく並べられていた。

父が今食べたいのは、おそらく森永の「チョイス」か「ムーンライト」だろう。昔ながらの味がよい気がした。少し悩んで「チョイス」を買った。

父への最後のプレゼントがビスケットになるのだろうか。

ぐっと涙をこらえて病室に戻り、

「これでええの?」

ビスケットを渡すと、父はその日一番の笑顔になった。お茶も飲まずに3枚平らげ、満足そうに横になった。

損な人である。

短気ですぐにカッとなる。そのせいで父は人とよく衝突し、「じゃあ、もうやめる!」とか、「お前らの好きにせいっ」などと、その場で結論を出し、損をするタイプだ。反論されるとカッとする。話がくどい人にカッとする。思うように物事がすすまないとカッとする。

カッとしてばかりのお父さん。そのせいで、わたしも何度もぶつかった。一度、派手な大げんかをして、その時は、もう一生会うもんかと東京に戻った。

「あいつの結婚式には、ワシは絶対出えへん！」

父が怒鳴《どな》って言っていたことを、後になって母から聞いた。わたしの結婚話など、まったくもって出ていなかったのに、真っ先に式のことを口にした父。それくらい楽しみにしていたのだろう。結局、2年ほどかかってぼんやり和解となったのだが、父の短気は相変わらずだった。

こんな性分でよく定年まで仕事をつづけられたものだと思うが、鉄鋼会社の現場監督という職があっていたのだろう。ひとつの現場が終わると、すぐに日本各地の現場へ飛んでゆき、人間関係が煮詰まらないのがよかったのかもしれない。ただし、単身赴任つづきである。ひとりで健康管理などできる人ではなく、60代手前で、一度、大病を患っている。

単純な人でもあった。

頼りにされるとうれしくてたまらない。おだてられている、という感覚が持てない人だった。そのせいで面倒な役を押し付けられることもあったのではないか。あったんだと思う。しかし、当の本人は、得意になってやっているのだから気づかない。楽しいときしか笑えない不器用さ。勤勉で努力家。まじめな人なのだ。ケチじゃないのは、父の美徳であった。

父の主治医に呼ばれた。若い男の先生だった。並んで座る母とわたしの前で、先生はパソコンを使って説明を始めた。画面に現れる数値を見せられても、正直、なんのことやらわからない。しかし、向こうだって見せないわけにもいかぬのだ。

がんのステージは1、2、3、4の「4」なのだという。末期なのだそうだ。先生に呼ばれたのは、父本人に告知をするかどうか、家族の方針についてであった。

がんであることは母からの電話で聞いていたが、末期というのは、母も今はじめて聞いたようだった。

「告知のことは、どう答えていいか……」

わたしは母の顔を見ながら答えた。

「妹もおりますんで、一旦三人で相談してもいいでしょうか」

それがよいと先生も言う。

「参考までに、先生はどうお考えですか?」

と、聞いてみたら、告知するのがいいのではないかという意見だった。父の感じを見てそう思うらしい。たった3日の入院で父の性格を？　と思ったものの、過去の事例からということなのだろう。やり残したことを悔いのないようにさせてあげるのがいいのではないか、とも言っていた。治療はしたくないと言っていた人も告知後に考えが変わる場合もありますから、とも。

手術は難しいが、本人の希望によって抗がん剤治療の道もなくはないようだった。とはいえ、高齢の父には相当な負担になるらしい。

そう遠くないところにある父の死。

父の死は、本人にも、誰にとっても初めてである。

告知を受けた後、父はどうしたいと言うだろう。現段階では、早く家に帰りたいばかり言っている。がん治療を受けない場合は、これ以上、この病院でできることはなく、退院するか、転院するかのどちらかのようだった。帰りたいというなら帰るのがいいとは思うものの、この先、日増しに体力が低下していくであろうことは想像できた。

やはり、こういうことは家族から切り出すものなのだろうかと逡巡《しゅんじゅん》しつつ、聞いてみた。

「あの……父の余命ってどのくらいなんですか」

おおよそ6ヶ月というのが先生の見解らしく、それを聞いて

「えっ、思ってたより長かった」

わたしが意図的に笑って言うと、先生も母も笑い、張りつめていた空気が少しなごんだ。

思っていたより長かった。正直な感想だった。そのくらい、父の調子は悪くなっていた。つい2ヶ月前に会ったときは、畑仕事や、グラウンドゴルフを楽しんでいたのだ。

一旦持ち帰り、母と妹、三人で話し合うことにした。

夜。妹の車でファミレスにむかった。家の中で話すより、外のほうが冷静になれるのではないかと思ったからである。あいにくファミレスは満員で、仕方がないので駅前のデパートまで行って、レストラン街の和風喫茶に入った。

甘味どころなんだし、と母はあんみつ、わたしは抹茶わらびもち、みたいなものを注文。なにを聞かされるかわかっていない妹だけがコーヒーを頼んだ。

これこれこうで、お父さんに告知する?

主治医とのやり取りを説明したのは、わたしである。三人でしんみりしつつも、わたしと母は甘味をパクついているのだった。

協議の結果、父に真実を告げることに決めた。自分だったら教えてほしいもんね、というのが三人の考えだった。むろん、告げるのは医者からである。

「じゃ、そういうことで」

店で別れ、わたしはその足で東京へ。

最終間際の新幹線の中で、チップスターをつまみに缶ビールを飲みながら、父ががんの告知をどのように受け止めるのかを想像してみようとした。

まったくわからなかった。

静岡を過ぎたあたりでやっと涙が溢れた。

四　ほしいもの

スーパーで子供が泣き叫んでいた。

お菓子をねだっているようだった。ほしい、ほしいと声を張り上げ、床に座り込んでいる。

彼はからだ全体で泣いていた。買い物かごを手に立ち止まり、わたしはその男の子から目が離せなかった。

このスーパーに、いや、この世界に、泣き叫んでまで手に入れたいものがあの子にはあるのだ。そう思うと、わたしには彼が輝いて見えたのだった。

スーパーの袋をぶら下げて帰る夕暮れの道。

なにもないな、と思う。今のわたしには、あれほどまでにほしいものがない。もちろん、現実的な意味でいうなら老後の蓄えは必要である。ただ、今すぐほしいものとなると話は別で、手足をバタバタさせるほど手に入れたい靴やバッグがあるとは思えなかった。

不可能なものでもよいなら、一瞬の若さがほしいときはある。たとえば、20代の男性編集者との打ち合わせ中とか。向かい合ってコーヒーを飲みつつ、ホント、ごめん、と思っている。仕事とはいえ、あちらだって同年代の若い作家と会うほうが楽しいに違いないし、違いないと言い切れるのは、自分が若い頃にそう感じることがあったからである。


「戻れるとしたら何歳がいい？」

同年代の友人たちと、若さの話題になると、

「38歳くらいがいい」

だいたい、このあたりの年齢が出てくる。20代の人からすれば、もっと若いほうがいいんじゃないのと感じるかもしれぬが、38歳なんてパッと見は30そこそこ。よく見たところで33〜34歳。十分、若い女の子である。それでいて、強くなってきたなと、自分自身、ようやく感じることができる年齢である。

いい人と思われたい、思われなければならない、という気持ちから解放され始める頃でもあった。

若者は自分が望む「いい人」のハードルが高い。理想の旗を振りつづけ、こりゃちょっと無理だわな、と一旦、旗を下ろすのが30代後半だろう。

どんな人ともいつかはわかりあえるというのは幻想である。好きな人がいるのなら、嫌いな人だっていよう。誰かを嫌いになるのは、自分の中で大切にしているものが拒絶しているからなのだと考えれば、なるほど、そりゃしようがないなと肩の力も抜ける。

好きでも嫌いでもない「普通の人」を持てるようになったのもこの頃だっただろうか。白黒つけず、川の流れのようなつきあいがあってもよい。そう思えるのに38年くらいはかかるのである。

それに、38歳ならハレー彗星だって見られる。

先日、仕事関係の若者ふたりと夕食をともにしていたときに、話の流れからハレー彗星の話題になった。

76年周期で地球に接近するハレー彗星。現在2016年の次に接近するのは45年後の2061年なので、38歳の人が83歳のときである。83歳ならば、なんとか見られそうだ。

しかし、今のわたしは47歳。

わたしは言った。

「この中で、わたしだけが次のハレー彗星が見られないのかなぁ。だってそん時、わたし、92歳だもん」

目の前にいる24歳と32歳の男子は「そうですね」とも言えず、「そんなことないですよ」とも言えず、ただただ苦笑い。24歳の45年後なんか、まだ69歳である。

よせばいいのに、わたしはこう付け足した。

「じゃあさ、2061年にハレー彗星が来たときさ、今日のこの夜のことを思い出してね。わたしがこの世界で生きてたことを」

彼らは言った。

「わかりました。僕たち、その夜はどこにいても電話で話します。マスダさんのこと」

わかっちゃいたけど、やはりわたしはこの世にいないことになっていた。

わたしがいない45年後の世界でハレー彗星の話をするふたりを想像し、胸の中にさみしさが、空しさが広がった。

10代の頃。

片思いの人と付き合えるんだったら寿命が5年縮んでもいい、と思ったことがあった。でも、思ったしりから、やっぱり嫌だと打ち消した。

人生はまだまだたっぷりあるのだから5年くらいならいいや。

あの頃でもそうは思えなかった。子供なりにそんなに軽々しいものではないと感じたのである。

見たい、見たい、ハレー彗星見たい！

寝転んでバタバタしたいような帰り道だった。

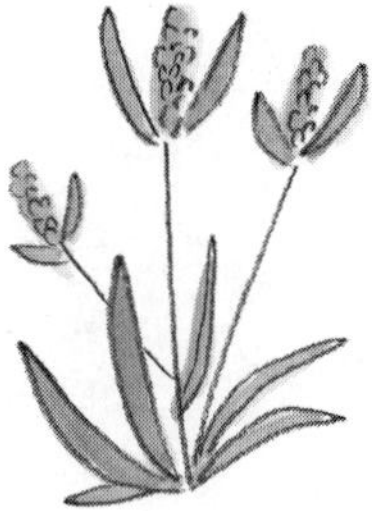

五　おでんを買いに

父はなんだか元気になっていた。

退院したというので実家に帰ってみれば、声にも生気が戻り、病院にいたときよりしゃんとしていた。

担当医からがんの告知を受けた翌日、父は退院した。検査や治療など、これ以上なにもしたくない、抗がん剤治療は受けないのだから、もう明日にでも退院したい。頑《がん》として譲らなかったらしい。

母にしてみれば、あと4、5日入院し、もう少し体力をつけてほしかったようだが、「家に帰りたい、家が一番いい」という父のセリフにほだされ、あわただしい退院になった。

しかし、結果的にはこれがよかった。糖尿病の薬をさぼりがちだったことを医者に叱られ、家に帰っても薬の服用は必ず守るよう父は約束させられた。薬を飲み、家に戻った安心感も手伝ってか食欲が出た。食べると人は元気になるものらしい。

それでも、退院後、二日間ほどは、

「どうせ死ぬんやから、なんにも食べたくない」

などとヤケを起こしていたのだと、あとになって母から聞いた。

離れて暮らしていると実家での細かいやりとりが伝わってこない。伝えないでくれているとも感じる。それをいいことに、わたしは父に迫っている死を前に仕事をしたり、秋物の服や靴を買ったり、カフェでケーキを食べながら本を読んだりしているのである。

そのくせ、スーパーで父の好物が目に入るとこみ上げるものがある。

スーパーで「はったい粉」を見かけたときは、送ってやろうとカゴに入れた。いつも行くスーパーの、いつも通る棚。はったい粉が並んでいたのにはじめて気づいた。そういう状況にもしんみりする。

はったい粉とは炒った大麦をひいて粉にしたもので、見た目は茶色いきな粉である。父はそれをどんぶり鉢に入れ、砂糖と熱い湯で練り上げて食べていた。あんまりおいしそうに食べるものだから子供の頃にマネてみたが、口にしたのはその一度きりだった。

父が元気になったと言っても、趣味のグラウンドゴルフや畑仕事ができるようになることは、おそらくもうないのだ。好きだった読書も疲れるようですっかりしなくなった。

退院後の父の趣味は「食」一本。次の食事にはなにを食べるか、というのが関心ごとの大半をしめているようだった。

朝、母が言う。

「お父さん、昼、なに食べる?」

父が答える。

「そやな、酢豚なんかええな」

昼、母は言う。

「お父さん、夜、なに食べる?」

父が答える。

「そやな、オムライスなんかええな」

夜、母は言う。

「お父さん、明日の朝、なに食べる？」

父が答える。

「そやな、久しぶりに卵かけご飯にしよか」

母はスーパーの総菜などもうまく利用し、父のリクエストにこたえていた。

夕食後、明日の朝はおでんが食べたい、と父は言った。おでんの具ではなにが好きか、という話題になり、父は豆腐、母は糸こんにゃく、わたしは大根、などと語り合う平和なひととき。明日の朝、セブン‐イレブンまでおでんを買いに行くと父は宣言し、寝室に消えて行った。

翌朝、まだ布団の中にいるわたしのもとに、父と母の会話が聞こえてきた。

「味噌汁も炊いたし、おかずもある、おでんは昼に買ってきてあげる」

という母の声。転んで骨でも折ったら大変だと案ずる母は、できるだけ父に出歩いてほしくないわけである。

その気持ちもわかる。骨折して入院になったら、それを機に寝たきりになってしまう可能性もあるのだ。

しかしながら、歩けるうちは歩いたほうがいいのだし、わたしは布団から出て、ふたりの会話など聞いていなかった振りで、

「あれ？　朝、おでんじゃないの？　楽しみにしてたのに……」

と、残念がってみせた。じゃあ、わたしが買ってこようか、という母を制し、

「お父さん、一緒におでん買いに行こか」

と、誘ってみたら、父は「行く」と立ち上がった。


ふたり並んでセブン－イレブンへ。

足にむくみが出ている父は、歩きにくいようでよたよたしている。いつでも支えられるよう細心の注意を払いつつ、まったく気にしていない顔で隣を歩いた。

父は言った。

「ちょっと前まではしゃんしゃん歩いてたんやけどなぁ」

「そやなぁ」

「ワシ、なんでこんな病気になってしもたんやろ」

これには答えられず、けれど、父がただ言いたいだけなのがわかった。

セブン－イレブンに到着。そのままおでんコーナーへ。鍋の中をのぞきながら、「これはなんや？」などと、父はいわしのつみれを興味深げに指差していた。家で食べたいと思っていたものより品数も多く、なんだか楽しそうだった。

おでんの具を5つほど店の人に入れてもらい、レジへと進んだ。父はなんの躊躇《ちゅうちょ》もなくポケットから布の小銭入れを出し、おでんを買った。父が、わたしに買ってくれる最後のものかもしれなかった。

父がお金を払う姿が好きだった。ケチくさいところがなく、レジの人にもいつも丁寧だった。

おでんを買ったあとも、父とふたり、コンビニの総菜コーナーをぶらぶらする。食べ物を見ているときの父はいきいきしていた。

この人、まだまだ長生きするのではないか？

おでんをぶら下げて帰る道すがら、そんな気持ちになっていたのだった。

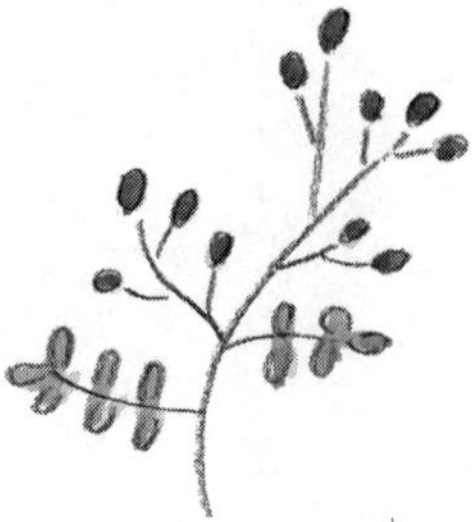

六　ドールハウス

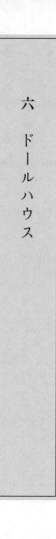

街でドールハウスを見かけた。

赤い屋根の小さな二階建てのおうち。中にはキッチン、リビング、バスルームやベッドルーム。各部屋の壁紙も凝っていて、感じのいい家具が置かれてあった。猫もいる。犬もいる。そして、何体かの人形が、その家の中で暮らしているのだった。

ほしい。しかし、売り物ではなく展示品だった。家に帰り、すぐにパソコンで「北欧　ドールハウス」と検索してみた。北欧製だと教えてもらったのだ。

似た商品が画面にたくさん出てきた。アンティークの希少なもののようで、残念ながら売り切れの表示ばかり。

買えないのなら、自分でつくってみようか？

とも考えたが、妥協、妥協のすえ、面白みのない雑な間取りの家ができあがるのは目に見えている。そもそも、わたしに「階段」がつくれるとは思えない。数日が過ぎると気持ちも多少薄らいだが、それでも、あのドールハウスが恋しいのである。

階段といえば、昔飼っていたモルモットの小屋を、父が日曜大工でつくってくれたことがあった。階段付きの二階建てで、なかなかよくできていた。二階の半分はルーフバルコニーになっていて、上がってきたモルモットの様子も見られた。家に遊びに来た友達は、みなうらやましがった。

モルモットは日によって一階にいたり、二階にいたりした。父はモルモットが二階でくつろいでいるとひどく喜び、

「おい、二階におるぞ」

わたしや妹に見に来させた。

階段づくりのときはなかなか思うようにいかず、短気を起こした父は途中で木を壁に投げつけていた。そばで手伝っていたわたしは、ああ、また始まった……と思い、子供ながらに父をおだて、励まし、なんとか完成した頃にはぐったりしたものだった。

ドールハウスと言ってよいのかはわからないが、「リカちゃんハウス」を子供時代に持っていた。

今もあるのだろうかとパソコンで検索してみたらあった。「リカちゃんドリームハウス　エレベーターのあるあこがれのおうち」という商品が画面に出てきた。その名のとおり豪華二階建てのお屋敷で、二階のリカちゃんの部屋は家族と過ごすリビングより広かった。

昔わたしが持っていたのは、ワンルームタイプだった。遊び終え、「リカちゃんハウス」のフタを閉じる瞬間、どこかホッとしたのを覚えている。

これは、嘘の世界なんだ。

自分に言い聞かせ現実に戻っていくために、「リカちゃんハウス」のフタはなくてはならないものだった。

自分がつくった世界はいつだって美しい。悲しいこともないし、意地悪な人もいない。閉じた暗い箱の中から、リカちゃんたちの楽しそうな話し声が聞こえるようだった。

箱ならば巣箱も好きなのだ。小鳥の巣箱が売られているのを見ると、ほしいなぁと思う。買ってみようか、とまで思う。仕事部屋の机の隅に置き、ときどきぼんやり眺めていたい。

今ではほとんど見かけなくなったが、玄関先の木製の牛乳入れも妙に好きだった。青や黄色で彩られた牛乳たちのかわいいおうち。子供の頃、妖精たちがその中でこっそり暮らしているのを想像しながら登下校していた。

ドールハウスが手に入らず、ほしい、ほしいともんもんとしていたところ、ふと、本棚はどうだろうと思いついた。仕事部屋の本棚の一区切りを「部屋」に見立て、そこにミニチュアの家具を並べるのだ。

下町に、ヨーロッパのアンティークおもちゃを売る店があったのを思い出した。電車に乗って出かけてみれば、てのひらに乗るような木製のキッチン、食器棚、オーブン、ダイニングテーブルなどが棚の上にぎっちりと並んでいた。壁紙になりそうな包装紙とともに大人買いし、家に帰って飾ってみた。以来、日に何度も眺めている。

滋賀県の長浜を旅したとき、海洋堂のミュージアムがあった。グリコのおまけなどの食品玩具や、ガチャガチャのフィギュアなどの製作で有名な海洋堂である。

中に入ると、大量のフィギュアが展示されていたが、中でも小箱のジオラマがひときわ輝きを放っていた。

『人と暮らす動物』と名づけられた小箱の中には、犬、猫、鶏、鯉やウサギ、ツバメなど、わずか数センチの精巧なフィギュアが、そこで暮らすように配置されていた。猫は縁側で丸くなり、鎖に繋がれぬ犬たちは庭先で楽しげである。庭の向こうには田んぼや山の絵まで描かれている。

『初夏の大雪山』の小箱には、エゾユキウサギやエゾシマリスなどという珍しい動物が岩の中から顔を出していた。どのフィギュアたちもとてもリラックスしているように見えた。

同時に、見る者を徹底的に遮断していたのだった。

誰ひとりとして箱の中の国には手出しができない。

箱の外は無防備だ。「死」も存在している。子供の頃、はるか彼方にあったそれは、言うまでもなくどんどん身近になっていく。

叔父が亡くなり、布団の中の亡骸《なきがら》を前にしたとき、一瞬、怖い、と思った。

しかし、清められ、布団から棺に収められた姿を前にすると、なにかが、フッと、変わったのだ。

亡骸は、あらゆるものから守られているように感じられた。もう怖さはどこにもなかった。そこにあるのは安堵《あんど》だった。

誰でもいつか箱の中で別れを告げる。ドールハウスに引きつけられるのは、もしかすると静寂《せいじゃく》な世界への憧れであるのかもしれなかった。

七　父語る

父がこの世に存在しているうちに、聞いておきたいことがあるだろうか。

考えてみたが、これといってなかった。そこそこ聞いてきたような気がするからである。

しかし、父自身に改めて語りたいことがあるかもしれない。

聞いてみようか。

退院後は睡眠と食事以外のことはしなくなっていたので、「語り」という新たなイベントを盛り込みたい気持ちもある。

それで、食事のあとに切り出してみた。

「お父さんの子供時代の話を取材してみたいんやけど」

すると、昭和9年生まれの父はいきいきと語り出したのだった。

たとえば、小学校は一学年3クラスで、男組、女組、男女混ぜこぜ組に分かれていたこと。体操服など買えない貧乏暮らしだったから、体育の授業がはずかしかったこと。小学校に行く途中で財布を拾い、交番に届けたこと。その財布が山の上のお坊さんのものだと判明し、感謝されたこと。白飯の弁当を持って仕事に行く兄がうらやましくて、早く働きたいと思っていたこと。

数珠《じゅず》つなぎで記憶が呼び起こされるようで、

「こんなこともあったなぁ」

という出だしで、話し始める。

不思議な感覚だった。

目の前にいる父は、ぽーんと時空を飛び越え、子供時代、すなわち80年近い昔の視点で語っているわけである。情景を思い出そうと、ときどき目をつむり眉間にしわを寄せている父を眺めていると、ほっとする感覚があった。覚えていられるのだ、こんなに長い年月が経過しても。

「おいしかったおやつの思い出はある?」

という質問を、そういえばわたしはこれまで父にしたことがなかったな、と思いながらしてみた。

「どうやったかなぁ、忘れてしもたなぁ」

そう言いつつも、父は記憶の箱から思い出を取り出してくる。

「隣町に金持ちの親戚がいて、なにかのはずみで、ちょっとしたものをもらうことがあった。干しバナナをもらって食べたときは、甘くてうまいなぁと思ったなぁ」

あんまりおいしそうな顔で言うので、聞いているわたしの口の中が干しバナナっぽくなってしまった。

父にとって幼い日の貧乏は、今でも強烈なイメージとして残っているようだった。こちらが明るい話題にもっていこうとしても、どうしてもひもじかった思い出のほうへ流れていく。父の人生において全く話し足りていなかったのだろう。足りることがないのかもしれない。ひもじかった日々を語る父は、いつも怒った口調だった。

「ろくな家に住まんかった。人間は、住む家がしっかり定まってないとアカンのや」

持論にたどりつくと、こわばった顔が少しやわらいだ。

その夜、わたしのメモが間に合わないくらい父は語った。一度に聞くより、また次に来たときに残しておきたいような気がした。

「じゃ、ま、今日はここまでということで」

わたしがノートを閉じると、父はゆっくりと歩いて寝室に消えていった。

その父の後ろ姿を見て、ハッとした。

働き盛りの頃の父に、寝室があったらよかったのに。

こんなふうに思ったのは、はじめてのことだった。どうして今まで一度も考えなかったのだろう。

今も実家は団地だけれど、建て替えとともに部屋数が増え、ずいぶん暮らしやすいようになっている。

わたしの子供時代、いわば父の働き盛りのときは、父が寝る部屋が居間でもあった。テレビは居間にしかない。早朝に家を出る父は床に入るのも早いので、テレビを見たいわたしや妹は、父が寝ている横で音量を下げ張り付くようにしてテレビを見ていた。たまに寝ている父にうるさいと怒鳴られ、しぶしぶテレビを消した。

「うちがもっとお金持ちの家だったらよかったのに。そうしたら自由にテレビも見られたのに」

わたしは自分の身の上を嘆《なげ》いた。

思えば、あの頃の父にだって言い分があったはずである。働いていれば理不尽なことも起こるもの。寝たいときに寝られる静かな部屋があれば救われる夜もあったのではないか。

晩年の父には寝室ができ、机もあるので自治会の書き物もよくしていた。一級建築士の資格を持っている父は、団地の建て替えのとき夜な夜な資料を制作し、さまざまな交渉に走り回っていた。そのおかげでずいぶん早く話がすすんだのだが、時が経てばそんな功績はすっかり色褪《あ》せていく。そういうものだ。わたしだってそうだ。どこかの誰かが力を尽くしてやったことの上で、当たり前に生きているのである。

父の部屋にある父の机。ホームセンターで買い、妹が組み立てたものだ。

父は、きっと、この部屋で最期をむかえたいんだと思う。しかし、それは母への相当な負担になることが目に見えていた。

叶《かな》えてあげたいことと、叶えられないこと。この先、わたしたち家族はひとつひとつ答えを出しながら、父の死と対峙していくのだ。喉の奥に小さな飴玉がひっかかっているように、ぼんやりと息苦しかった。

八　縁側のできごと

父の子供時代の話を聞き、それを東京に戻ってからパソコンで清書することにした。少しずつまとめ、最終的には小さな冊子にしてプレゼントすれば喜ぶかもしれないと思ったからである。とりあえず、聞いたところまでをまとめてプリントし、ホッチキスで留めて郵送した。父がそれをどう読むかはわからなかった。

一度目の取材から、1週間。わたしの個展が大阪のギャラリーで始まるのもあり、再び帰省。父の体調がよければ、ギャラリーに誘ってみるつもりだった。

夜の新幹線で実家に帰り、テレビを見ながら食事をしていたら父が起きてきた。寝間着ではなくシャツをはおり、ズボンもはいて出てきた。

まるで、これからコンビニまでタバコでも買いに行くようないでたちである。

顔には笑みが広がっていた。テーブルにつくと、もう、語る気マンマン。そのためにきちんと着替えてきたのだな、と思った。清書したプリントが気に入ったのかもしれない。

わたしは食事もそこそこに手帳を出し、父の昔話を聞くことにした。はじめて耳にする話がほとんどだった。


父の父、わたしの祖父にあたる人物が、大阪・天王寺の鰻屋《うなぎや》で職人をしていたのは知っていた。若くして他界したのだし、父自身にも思い出らしい思い出がないのだろうと、これまで祖父のことをたずねてみたことはなかった。

でも、ちゃんとあったのである。聞いてみれば、父の中に思い出はあった。

当時、家族で住んでいたのは通天閣の近くの二階建ての家だったらしい。二階の部屋は若い夫婦に間貸ししており、その夫のほうには入れ墨があったそうだ。若夫婦はやさしく、とてもかわいがられたのだと父は懐かしそうだった。

わたしは聞いた。

「その家は、どんな間取りやったん？」

父は目を閉じて考え、しばらくして「えんさきがあったなぁ」と言った。

「えんさきって、縁側のこと？」

「そうや。そこに立って、親父とふたりでションベンしてたら、母親に怒られたことがあったなぁ」

と、父は笑った。

それを聞いたとき、祖父の姿がはじめていきいきと動き出したのだった。

写真一枚残っていない祖父。会ったこともないのだし、それを淋しいと感じたこともなかった。けれど、彼はこの世に存在していた。存在し、幼かった「わたしの父」とともに、縁側で妻に叱られていたのである。

叱られたとき、祖父はどうしたのだろう？

「見つかってしもたなぁ」

などと、息子に笑いかけたのかもしれない。

父の語りによって、過去の世界から孫娘のもとにやってきた祖父。なにか伝えるとしたら、わたしはなにを言おう。

あなたの孫娘は、今、あなたの息子の最後の語りを聞いているのですよ。

と、言ったら、おじいさんは泣くだろうか。

翌日、父はわたしの個展に行ってみたいと言った。

「部屋でくすんどったらアカン」

そう言って、ひとりでシャワーも浴びた。

タクシーを呼び、一緒にギャラリーに行った。1時間ほどの道中、わたしは父の隣でしゃべりつづけた。

「ほら、このあたり、昔来たことあったな」

「お父さん、ここ、わたしの前の会社あったとこや。お父さんに迎えに来てもらったことあったな」

「あっ、あそこにユニクロある！」

外の世界に、また興味をもってもらいたかった。そうすれば少しだけなにかが元に戻るような気がした。タクシーの中で父もそこそこしゃべっていた。

ギャラリーに着くと、父はわたしの絵を見て、「ゆったりとした絵やなぁ」と言った。

漫画のキャラクター展だったのだが、「週刊文春」で連載している漫画について、

「あの漫画は、なんとも静かでええなぁ」

と、はじめて父の口から感想を聞いた。そして小さな椅子に腰掛け、父は黙って絵を見ていた。久々の遠出に少し疲れたようだった。


父とふたりで何度か美術館に展覧会を観に行ったことがある。

父は、まず画家の名前を確認し、知っている画家の絵だけを観てまわった。印象派が好きだというが、それはルノワールやモネなどの有名人であり、クラシック音楽にしても、誰もが知っているような有名な曲以外はぜんぜん聴かない。

そんな狭い範囲ではあったけれど、父なりに芸術を愛し、また尊敬していたのだと思う。そもそも、知識がないのはわたしとて同じである。わたしが美術の学校に進むと言ったとき、父は誰よりも喜んだ。

ギャラリーは15分ほどの滞在だっただろうか。雨が降り始めた。タクシーに乗り、もと来た道を帰る。

途中、父のお気に入りの回転寿司屋があったので、

「ちょっと寄って行こうか」

と提案してみた。

「ワシ、もう家に帰りたい」

父は小さな声で言った。

九　父の修学旅行

80年代に、伊武雅刀さんが発表した『子供達を責めないで』という曲の中で、

「私は子供に生まれないでよかったと胸をなで下ろしています」

と、歌う（演説する）ところがある。

若者にしてみれば、「老人に生まれないでよかった」なのだろう。

とはいえ、生まれたときから老人だった人はいない。

長生きすれば、誰もが、いつか老人になる。

頭では理解していても、それを実際に肌で感じられるようになるには時間がかかる。あの頃は、父も母も若かったのだなぁと思うことが増えてきて、わたしもようや

く実感できるようになっていたのだった。

一日中、父が寝てばかりいると母からメールがあり、実家に戻ってみれば、本当に父は猫のように日がな一日眠っていた。

食事に起きても、少し口にしたら眠くなるようで、すぐに寝室に戻ってしまう。薬のせいかもしれないし、病状が進んだせいなのかもしれない。どっちにしろ、もう少し椅子に座っている時間をつくらないと、筋力がますます落ちてしまいそうだった。

それでも、父はわたしが東京から帰ってきたというので、がんばって起きてきた。思いのほか顔色はよかったものの、手足のむくみはひどくなっていた。

新幹線に乗る前に、土産はなにがいいかと母に聞いたら、

「お父さん、鰻食べたいって」

というので買って帰ってきたのに、父は鰻重を3口ほど食べただけで箸を置いた。

鰻重は1700円。

箸をつけた分量からして、せいぜい300円ぶんくらいしか食べていない。

わたしも母も鰻が苦手だった。父が食べないのなら捨てるしかないのだが、もった

いない気持ちが湧かないのである。残してもいいから、なにかを食べたいと言ってほしかった。高くてもいい、無理難題でもいい、この先は父においしいものだけを食べてもらいたかった。

飲み会の席などで、明日、地球が滅びるとしたら最後の食事はなにがいいか、という話題になることがある。本気で答えないと実現しないような気がするのか、割合、みな、まじめに考えている。

わたしもまじめに考える。本当の最後ならショートケーキになるだろう。食後には甘い物が食べたいのだ。○○を食べたあと、ショートケーキで締めくくる。その○○が問題だった。

カレーかな、と思う。昔ながらのカレー屋のカレー。できればひき肉のカレーがいい。実家のカレーがそうだったから、今でもひき肉カレーが好みなのである。

実家の近所に新しくカレー屋がオープンしたと、母が興奮気味に切り出したことがあった。

「インドの人たちがやってるカレー屋やねんで！」

それを聞いていた父が興味を示した。

「ワシ、いっぺん、インドのカレー、食べてみたいなぁ」

翌日、わたしと母は昼時にインドカレー屋に行き、何種類かのカレーとナンを買って帰った。

インドカレーはおいしかった。かなり本格的な味だった。しかし、食べ慣れぬ父は味見だけでギブアップ。

「ワシ、日本のカレーがええ」

と笑い、母にソーメンをゆがいてもらって食べていた。

こんなことがあったのも、ほんの一ヶ月ほど前の話である。今は、好物の鰻重もほんの3口。

食後、たいそう眠そうな父だったが、今回も子供時代の取材を決行する。声を出すことで、喉も鍛えられ、嚥下《えんげ》にも効果があるように思えた。

「嫌いな先生っていた？」

と聞くと、少し考え、「いたなぁ」と父は言った。生徒をうさばらしのように殴る先生がいたのだという。思い出したのか、怖い顔になった。あわてて、「いい先生もいた？」と話題を変えてみた。また少し考え、「いたなぁ」と父は言った。中学校を卒業するときに、一筆書いて手渡してくれたのだという。

「なんて書いてあったか覚えてる？」

「正しく　清く　のびよ若杉」

答えたあと、

「ワシ、よう覚えとるなぁ」

父は自分自身に言っているようだった。

家が貧しくて中学校の修学旅行費が払えず、クラスでひとりだけ修学旅行に行けなかった話は、昔からよく聞かされていた。はじめて聞いたときは同情したものの、回を重ねるごとに「知らんがな！」と思っていた。その話題になるととにかく無言で通し、長引かないようにしたものだった。

しかし、今回は徹底的に語ってもらえばいい。満を持して、話題を修学旅行に振ってみた。

修学旅行費は670円だったのだそうだ。670円が今でいういくらなのかはわからぬが、それで地元の福井県から、京都・奈良などを巡《めぐ》れたようである。

「みんなが修学旅行に行ってる間、なにしてたん？」

と、聞いてみた。

「学校の鉄棒のとこに、ひとりでいた」

父は言った。

夕暮れの校庭にぽつんといる少年を想像し、父としてではなく、ひとりの男の子として不憫《ふびん》だった。

からだがだるいようで、父は、もうあまり話もしなくなっていた。ついこの前まで、あんなにいきいきと語ってくれていたのに。

「ちょっと寝るわ」

父はのろのろと寝室に戻っていった。

小さな部品が、少しずつ外れていくみたいに、父の調子が悪くなっている。

二泊三日の短い滞在。東京に帰るとき、

「また顔見せてや。なるべく近いうちな」

布団の中で父は笑った。

バス停にむかいながら、やはり涙がこぼれる。

東京に帰ったら、デパ地下に寄ろう。デパ地下でおいしいものをいっぱい買おう。高級な果物も買うんだ。シャインマスカットとか。今夜はおいしいものを食べようと自分を奮い立たせ、バスに乗った。

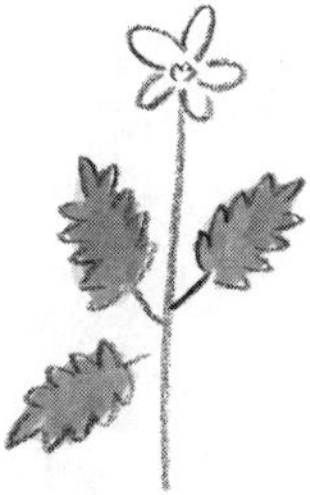

十　美しい夕焼け

午前中の電話にいい知らせはない。

スマホの表示は母からだった。電話を取る前、大きく息を吸った。父の容態が深刻なのだという。あと二、三日の命かもしれないらしい。

「わかった、今日の夜、帰る」

「うん、そうしてくれる?」

母の弱々しい涙声。けれど、「喪服を持って帰って来なさい」と告げたときは親らしい口調になった。わたしは電話を切り、涙を浮かべながら、夕方のピアノと英会話の習い事の休みの連絡を入れた。午後の仕事の打ち合わせは行くつもりだった。そのあとすぐ新幹線に乗れば、夜には大阪に着く。

打ち合わせまで、まだ数時間あった。わたしは仕事部屋のパソコンを立ち上げた。

エッセイを一本、書こうと思ったのだ。父が生きている世界で書く最後のエッセイになるかもしれない。自分がどんなエッセイを書くのか知りたかった。

いくつかの連載の中から一番短い分量の連載を選び、キーボードの上に指を置いた。父とはまったく関係のない、日々のあれこれのようなエッセイが書きたかった。なのに、最初の言葉が浮かばないのである。

ぼうっと座っていたら、机上のスマホが振動した。

母からだった。数珠も忘れないようにね、という電話ではないはずだった。急いで取ると、父の死の知らせだった。

結局、午後の打ち合わせもキャンセルし、キャリーケースに、スマホ、スマホの充電器、手帳、財布をバサバサ入れ、喪服はシワにならないようそっと詰めた。

マスクは便利だ。顔全体を隠すようにして、泣きながら山手線に乗った。

品川駅に到着すると、なにか食べものを買わねばと思った。みなバタバタして食事どころではないはずだ。けれど、悲しくたっておなかはすく。品川駅構内で、サンドイッチといなり寿司を大量に買い、よろけながら新幹線のチケットの自販機の前にたどり着いた。もう死んでしまったんだから急ぐ必要もない。そう思い、呼吸を整えた。

座席を選ぶとき、「あっ」と思った。

富士山側にしよう。

青空だ。清々しい秋晴れだった。

「今日、新幹線から富士山見えたで」

帰省したときに報告すると、父は「そうか」といつもうれしそうだった。

新幹線は動き出した。

死んだ父親に会いにいくという、人生最初で最後の帰省である。

今夜、わたしが帰るまで、生きて待っていてほしかった。

母からの電話を切ってすぐはそう思ったのだが、新幹線に揺られる頃には、それは違う、と感じた。これは父の死なのだ。父の人生だった。誰を待つとか、待たぬとか、そういうことではなく、父個人のとても尊い時間なのだ。わたしを待っていてほしかったというのは、おこがましいような気がした。

悲しい。涙は次から次から溢れてくる。

なのに、いろんなことを並行して考えているわたしもいた。

昨日、早めに原稿を送っておいてよかった！

お父さんの体調のこともあるから断るつもりだった旅行記の仕事、やってみようかなぁ、ちょっとおもしろそうだし。

おっと、車内販売が来た、飲みたい、ホットコーヒー。


悲しみには強弱があった。まるでピアノの調べのように、わたしの中で大きくなったり、小さくなったり。大きくなったときには泣いてしまう。時が過ぎれば、そんな波もなくなるのだろうという予感とともに悲しんでいるのである。

雲がかかっており、残念ながら新幹線から富士山は見られなかった。その代わり、オレンジ色の美しい夕焼けが広がっていた。

窓に額をくっつけて眺めていた。こんなにきれいな夕焼けも、もう父は見ることができない。死とはそういうものなのだと改めて思う。


一旦、入院し、その後、家に帰りたいという父の望みで在宅医療となったが、それもほんの数日のことだった。自分の部屋で、母の手を握りながら眠るように息を引き取ったのだと聞き、よかったというより、うらやましいと思ってしまった。

お気に入りのセーターに着替えてベッドに横たわる父。昨年亡くなった叔父の形見分けのセーターだ。ふたりだけにしてもらい、ひとしきり泣いた。

父の部屋で、父とふたりきりになるのは初めてのことだった。父の手に自分の手をかさねた。父の手に触れたのは小学生の低学年以来だろう。

少し微笑んでいるように見えた。今にも起きて歩き出しそうだった。「お父さん」と声をかける。聞き慣れた、自分の声の「お父さん」だった。「お父さん!」。大きな声でも呼んだ。これが、父の死を純粋に悲しめる最後の時間となった。

ここからは、とにかくお金の話である。

父の遺体を葬儀場に運んだあとは、すぐに葬儀場の係の人との打ち合わせ。わたしと母は分厚いパンフレットを覗き込み、祭壇とか、棺とか、花の種類、通夜や初七日の返礼品を選んでいく。

父はこういうことにお金をかけることを嫌っていたし、わたしも母も、とにかく質素にしようねと話していた。しかし、よほど強い意思の人間でない限り、

「全部、一番安いのでいいです!」

とは言えない空気が漂っている。いくつかは一番安いのにしたけれど、あんまり全部だと、なんだか父を大切にしていないと思われそう……という心理が働くのである。

一番安い棺を選びかけたとき、

「お父様は一家の大黒柱なんですから」

と、係の人に止められ、あとになってみれば、

「うち、団地なんで大黒柱ないですし〜」

と、笑いを取れたところなのだが、まぁ、そういう状況ではないわけである。祭壇も棺も一番安いのから二番目のになった。

祭壇の横に置く提灯《ちょうちん》はどれにするかと写真を見せられたとき、

「提灯っている？　いらんのと違う？」

わたしが言うと、母も、

「そうやなぁ、家に持って帰っても置くとこないしなぁ」

無しの方向でわたしが進めようとしたところ、係の人が小さな声で言った。

「提灯には、亡くなられた方の足元を照らす、という意味合いがありまして……」

そう言われると、父が真っ暗闇の中をオロオロしている姿が浮かび、

「どうする？　お父さんの足元、照らす？」

などと、母に聞いているのだった。しぶしぶ一番安い提灯を選んだ。

すべての打ち合わせを終えて家に帰ったのは、夜の10時半過ぎ。

残っていたいなり寿司を食べる。甘いご飯がじんわりと胃の中に染み入る。いなり寿司は万能だなと思った。

風呂上がり。母とふたりで押し入れから古いアルバムを引っ張り出し、父の写真選び。遺影は母がすでに決めていたのだが、葬儀場で思い出の写真を映像で流すサービスがあるらしく、20枚ほど写真を持っていくことになっていた。

青年期、新婚時代、家族写真、晩年の趣味の畑仕事の写真。バランスよくわたしが選んでいる隣で、

「ちょっと、これ見て、お母さん若いと思わへん？」

などと、母が自分の学生時代の写真を見せてくるので時間がかかった。

病院はいやだ、とにかく家に帰りたいばかり言っていた父。途切れ途切れで20日間ほど入院したが、その20日間でさえ我慢ならないようだった。母も、近所に住む妹も、毎日、父を見舞ったが、やはり家がよかったのだろう。戻った数日後に旅立っていいっ

た。

「全部、思いどおりにやってあげられた」

母はきっぱり言った。なによりだと思った。

写真サービスは親戚一同にも好評だった。通夜のあとも一晩中会場で流してくれていたので、みな、なんとはなしにそこに集まり、映像を見つつ語り合った。父の良いところをよく知っている人たちだと思うと、本当にうれしかった。

生前の父は、「ワシは、葬式なんかいらん」と言っていた。するにしても親族だけがよいとも。その願いを叶えるには、案外、骨が折れた。家族葬ですので、と頭を下げ、出席したいという人に理解してもらわなければならなかった。悲しみに浸っていられる時間が想像以上に少ない。それが身内の葬式であった。

「故人の好きだった飲み物を棺に入れられますが、なにかお好きだったものはありますか？」

係の人に聞かれ、バヤリースではないか？　ということになった。確かに、うまいうまいと飲んでいた。安上がりな人である。

葬式が終わり、火葬場に行ったあと、一旦、葬儀場にみなで戻って昼ご飯となった。

親族一同、そろってお膳を食べ始めたとたん、おばちゃんたちの席がざわつきはじめた。

刺身の小皿にかぶせてあったラップのフチにはゴムがついていた。

「毛染めするとき、耳にかぶせると便利やねん」

と言い出したのは、どうやらうちの母のようで、刺身のラップを集めておばちゃんたちにすすめていた。それを見て、思わず爆笑する。

『ポケモンGO』のモンスターは葬儀場にも出てくるのか、という話題になり、みなでやってみたら何匹か出てきてゲット。父が生きていたら、こういうわたしたちを絶対におもしろがってくれていたと思う。そういう人だった。

死んだ日も、通夜も葬儀の日も、晴天つづきだった。

紅葉にはまだ少し早い、やわらかな秋の日。長生きしたといえる年齢であったから、すべてが終わったあともどこかからりとしていた。

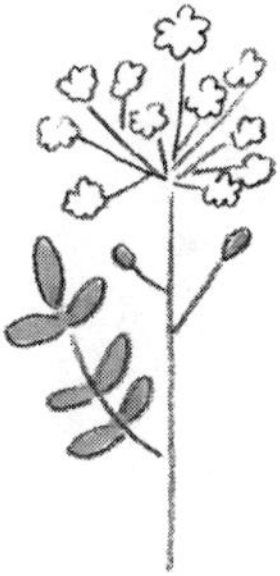

十一　冷蔵庫の余白

葬式が終わると、葬儀場の人が家に来て父の部屋に祭壇をつくってくれた。祭壇は段ボールに白い布を被せた簡易なものである。遺影立ても段ボール。一番安いやつだ。心なしか学芸会のセットのようだが、四十九日が終わるまでだしこれで十分だとも思った。

それにしても、遺品整理というのはいつから開始するものなのだろう？うちはかなり早いに違いないと思った。なにせ、葬式が終わった日の夜からである。父の机の引き出しの中をはじめて見た。すかすかだった。ものさし、建築関係の免許証、鉛筆などが所在なげに入っている。いらないものは捨て、いるものは道具箱に入れた。

机の上にあった病院用のマグカップは思い出の品として母が残しておくかもしれな

い。わたしは母に聞いた。

「これ、どうする?」

母は逆に聞き返してくる。

「え? なにが?」

「残しとく?」

「いらんいらん」

老眼鏡や小型ラジオ、万歩計などは祭壇の上に飾ることに。

父の部屋にはなんにもなかった。

物欲がない人だった。父の通帳を開いてみれば、母から手渡されていたこづかいをこつこつ入金しているのがうかがえた。貯めているというより、使い道がなかったのだろう。引き落としになっているのは数百円の野菜の種代くらい。携帯電話もずいぶん前に解約したようだった。そんな中、お中元とお歳暮の季節は、必ずわたしと妹にお茶や果物などを送ってくれていた。

身につけるものや持ち物にも、父はこだわりがなかった。母が買ってきた服を着て、図書館に行くときの手提げはなにかの景品。老眼鏡も100円。形見分けになるようなものなど見当たらず、わたしは父が使っていた布製の小銭入れを記念にもらった。その小銭入れもご近所さんの手づくりらしく、中には5千円札1枚と千円札5枚が取り出しやすいようそれぞれたたんで入れられていた。お金を出すときは、パッと支払いたいのは昔からだ。父とふたりでコンビニのおでんを買いに行ったとき、父がポケットから出したのもこの小銭入れだった。

「これ、どうする?」

という母の声。見ると、日本人形を膝に置いている。父がわたしと妹のために買ってくれた日本人形、という位置づけのまま40年。ぬいぐるみのようにはかわいがれないので、名前もつけなかった。かなり劣化している。

「いいよ、捨てて」

ちょっと迷ってわたしは言った。40年である。もう十分、大切にしたといえるのではないか。

葬儀場の人から供養箱と書かれた段ボールをひとつ渡されていた。ゴミとして捨てたくないものをこの箱に入れれば供養して処分してくれるのだという。

「それタダでやってくれるんですか?」

と、わたしが聞いたとき、葬儀場の人は「タダです」と言い、そのあと、正確にはタダではなくセットに入っているものだと付け足した。すでに支払い済みなのだ。供養箱にこの日本人形を入れると母は言った。新聞紙を広げ、ひとつまみの塩とともに丁寧に包み、そっと供養箱に入れた。なにかを処分したところで思い出は失われないのだと思った。

遺品整理のあとは書類の山が立ちはだかっていた。

医療保険の精算や、銀行、郵便局の手続き。そのために必要な戸籍謄本や住民票、その他もろもろ。母と連れ立って市役所に行き、旅するように各課をまわり、そのたびに、

「父が他界しまして……」

と言わねばならなかった。窓口では誰ひとりお悔やみの言葉は言わなかった。そういうルールがあるのかもしれない。

翌日、その話を妹にする。

「なんかさ、いいかげん、他界した、っていうの嫌になってきてさ、次から別の言い

方しよかな、お星さまになりまして、とかさ」

などと話していたら次第に笑えてきて、最終的には父の遺影の前で母と三人で腹をかかえて大笑い。

中でも銀行の手続きが一番大変だった。取り寄せるものも多く、送られてきた資料にしても、わたしの読解力ではどこを埋めればよいのかわからない。

どうしようもないので、母と一緒に銀行の窓口まで聞きに行くことにした。

銀行に着く。またいつものアレである。

「父が他界しましてその手続きのことで……」

銀行ではお悔やみの言葉があった。

しかし、案内係の女性には、わからないことは電話で本部に問い合わせてほしいと言われる。窓口の相続の担当者が多忙なのだと言う。

「記入の仕方をほんの少しうかがうだけでいいんです。お願いします」

食い下がってみる。向こうも簡単には譲らない。

「では、こちらでお待ちください。何時間お待ちいただくかわかりませんけど」

何時間って……。

資料を書いて郵送し、それが受理されるまで、母は銀行から一銭もお金が引き出せない状態である。わたしはこのあと東京に戻らなければならない。今、ここで、資料を前に教えてもらうのが一番手っ取り早かった。

わたしもそこそこ生きてきて学習している。怒ったら負けなのだ。もう泣きマネしかない。情に訴えようではないか。父親が死に、小雨の中バスに乗り、腰痛の母を連れて相続の手続きにやってきたのに追い返されそうになっているわたし。そう思うと本当に泣けてきた。

「今、助けてもらえないと、わたし、本当にどうしたらいいのか……」

ハンカチで目頭を押さえる。すると、じゃあどうぞと窓口に案内された。

席に座り資料の不明箇所について質問すると、「あれ？　これどういう意味だろ？」と言って、窓口の女性が電話でどこかに問い合わせていた。プロでもわからないらしい。5分ほどで聞きたいことは終わった。

ゆっくりだがさまざまな手続きが進んでいった。

ひとまず東京へ。

帰る前、お茶を飲もうと実家の冷蔵庫をひらいてしんみりする。いつもぎちぎちに詰まっている冷蔵庫に余白ができていた。父の気配が薄くなっている。父が好きだった6Pチーズは、まだ5パック残っていた。

新幹線のチケットを買ったあとカフェで軽くお茶をする。土産物屋をぶらぶらし、さぁ、そろそろ時間だとホームに上がると、指定を取っていた新幹線はとっくに出発した後だった。

腕時計の針は30分ほど前にとまっていた。そのせいで乗り遅れてしまったのだ。なのに、不思議となんとも思わなかった。もう、父のからだのことを心配しないでよいのだ。心配して泣かなくてもよいのだ。そう思うと、胸のつかえが下りたようだった。

東京に着くと、急いでピアノと英会話のレッスンに出かけた。

十二　クジラの歌

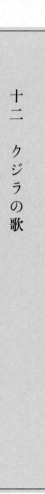

父を送って一ヶ月が経とうとする頃には、少しずつ楽しいことを見つけて暮らしているのだった。雑誌で見て気になっていたレストランに行ったり、いくつか旅の予定もたてたりした。

ミャンマー祭りにも行ってみた。

ミャンマー祭りは、東京タワーにほど近い増上寺の境内で開催されていた。ミャンマー料理の屋台が並び、それにあわせてさまざまなイベントも用意されていた。たまたまミャンマー祭りの情報を知り、よし、行ってみようという気になったのは、ミャンマー料理というものを食べてみたいと思ったからである。

さて、ミャンマー祭り。

はじめて口にしたミャンマー料理の中でわたしが一番好きだったのは、「ラペットゥ」と呼ばれるお茶の葉のサラダ。発酵させたお茶の葉に、細かく刻んだキャベツや油でカリカリに揚げた豆、ナンプラーなどを混ぜた料理なのだが、いくらでも食べられそうなくらいおいしい。お茶の葉はクセもなく、海藻《かいそう》のようなしっとり感。ペースト状にした豆に香辛料やしょうがを混ぜ、まるめて揚げた豆団子もおいしかった。

ミャンマー料理を食べ、ミャンマーの民芸品や食材の屋台を見てまわり、ミャンマー産のひまわりはちみつを買った。


旅といえば、父は昔から北海道に行ってみたいとよく口にしていた。

「お父さん、行ってくれば？　ひとりでふらっと」

わたしも母も妹も、誰ひとりとして「一緒に行こう」とは言わなかった。父は自分の運転する車でゆっくりと旅をしながら北海道を目指したいのであって、みな、そんなものに付き合わされるのはカンベン！　という感じだった。どうせ、わがままを言ったり、短気を起こしたりするのが目に見えていた。結局、父が北海道の地を踏むことはなかった。

一緒に行ってあげればよかったなぁ。

父の死後、そう思うこともなかった。あのとき一緒に行きたくなかったわたしが、父の娘なのである。

だいたい、本当に行きたければひとりででも行ったはず。行ってみたいと思っていることを聞いてもらいたい、そんな感じだったのではないか。されど、「お父さん、行ってくれば？　ひとりでふらっと」と、二度と父に言えないのはさみしいことだった。

実家を離れて20年。父はメールもできなかったし、もともと電話嫌い。年に数回帰省したときだけが、わたしと父との交流だった。そんなだから、ひと月経ってもこの世にいない実感が湧かなかった。

かと言って、実家で元気で暮らしているようにも思えない。踏み込んで考え始めると鼻の奥の「ツン」が始まるので、そういうモードに入る前に急いでシャッターを降ろした。

父が死んだことを知り合いにはほとんど言わずにいた。なぐさめられたり、気の毒がられたりしたくなかった。父の死を負なものではなく、正しいものとして扱われたかった。とはいえ、笑顔で「よかった、よかった」と肩をたたかれたいわけでもない。

言わないのが一番気楽なのではないか？

それで、当分は「なんとなく生きている」コースでいくことにした。

「ご両親はお元気？」

「あ、まぁ、そこそこ」

くらいで濁《にご》しておくなら嘘にはならないだろう。


12月に入り、ぽつぽつと知り合いからの喪中はがきが届き始めた。「なんとなく生きている」コースなので、わたしは普通に年賀状を送ることに決めた。

意外だが、ぽつぽつ届く喪中はがきは、父の死まもないわたしにとってどこか心休まるものだった。

これまでなら、さぞお寂しいだろうと思うくらいだったけれど、いざ自分の親が死んでみれば、

「そうか、そうだったんだ、この前ちらっとしゃべったときは、あんなに明るかったけれど、春にお父様を亡くされていたとは……」

感情移入しつつ、はがきを見た。わたしのオトーさんだけではなく、誰のオトーさ

んも死んでしまうのだ。

ミャンマー祭りのあと、東京都庭園美術館で開催されていたボルタンスキー展に寄った。

フランスの現代美術家・ボルタンスキーの作品は不思議だった。たとえば、「さざめく亡霊たち」という作品。天井に設置された小さなスピーカーから、録音された会話が聞こえてくる。タイトルのとおり亡霊の声のようにも聞こえたし、隣の部屋から漏れてくる会話のようにも聞こえた。来館した者は館内をうろうろしながら、その会話を聞くともなしに聞いているのだった。

「心臓音」という作品は、録音した数人分の心臓音をエンドレスに流しつづけるというものだった。心臓のリズムは人によってこんなに違うものなのか。そして、こんなに違う心臓音であるのに誰もが自分の人生を生きているという点では同じなのである。

ボルタンスキーのインタビューの映像が流れる部屋もあった。彼がこれから制作したいと思っている作品のひとつに、遠いパタゴニアの地に巨大なトランペットを設置し、風が吹くたびにクジラの歌を奏でる、というものがあるらしい。

「誰も観ることはできないでしょう」

と、彼は冷静に語っていた。

制作しても誰にも観られない作品。

その作品になんの意味があるのか。

存在を知っていることに意味があるのである。

疲れ果てた一日の終わりに、

「今夜も極寒のパタゴニアの地でトランペットがクジラの歌を吹いているんだなぁ」

と、想像してみることも、ボルタンスキーの作品なのである。行けなくてもいい、見えなくてもいい。知っていることが美しさなのである。


わたしは彼の作品展をぶらぶらと見ながら、いつだったか、大切な人を亡くしたばかりの人がこんな話をしてくれたのを思い出していた。

その人は、ひとり公園を歩いていた。すると、一匹の白い蝶がいつまでも後をついてきたのだという。「お別れを言いに来てくれたんだな」と、その人は思った。すてきな話だなぁと胸が熱くなり、わたしまでもがひらひら舞う春の蝶を見たような気になったものだった。

物語が人を強くする。

わたしはボルタンスキーの作品によって、あるいは、ミャンマー祭りによって、ささやかな物語を編んでいった。

パタゴニアの地でトランペットがクジラの歌を吹くであろうこと。ミャンマーでは、今日もお茶の葉のサラダを「おいしいね」と言い合って食べる家族がいること。確認はできないけれど、知っていることがなんだかうれしい。

大切な人がこの世界から失われてしまったとしても、「いた」ことをわたしは知っている。知っているんだからいいのだ。それが白い蝶に代わるわたしの物語だった。

物語のヒントは外側にあり、そして、人の数だけあるのだなと思った。

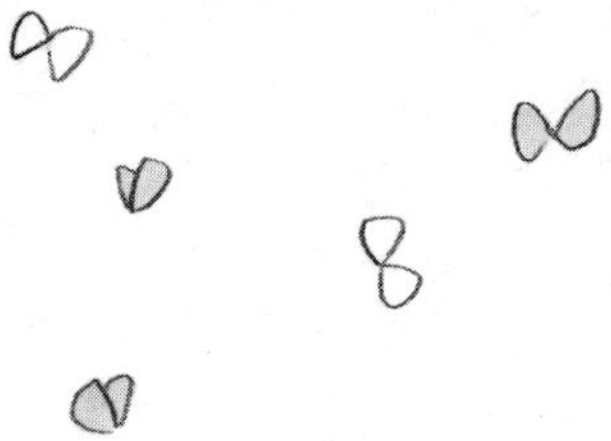

十三　おばんざい

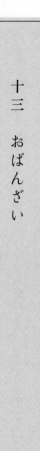

ＪＲ京都駅で母と待ち合わせ。久しぶりに京都の街を歩いてみようと誘ったのはわたしである。母は実家の大阪から、わたしは東京から戻って来たその足だった。清水寺に行くことにした。京都駅からＪＲ奈良線に乗り、東福寺駅で京阪電車に乗り換え、清水五条駅で下車。京都駅の案内で教えてもらったとおりに行ったものの、バスで一直線に行くのが便利だったと後悔。

とは言え、母は京阪電車をとても懐かしがっていた。

京阪電車はかわいい。ちょっと小振りで、レトロな雰囲気。乗っていると四国、松山の道後温泉にたどりつきそうな、そんな路面電車の空気感をまとっている。実家とは沿線が違うので京阪電車に馴染みはないのだけれど、そのぶん、「おでかけ」したときの思い出が呼び起こされやすいのだろう。母の思い出話を聞きつつ、ほんの二駅、京阪電車に揺られた。

清水寺までの坂道は、立ち止まれないほど混雑していた。晴れて暖かな土曜日であったし、偶然、夜間のライトアップのイベントとも重なった。

「わっ、すごい人やなぁ」

「ほんまやなぁ」

のろのろとのぼっている途中で、人力車の呼び込みをしていた。たまには乗ってみるのもいいかもしれない。

わたしは青年に声をかけた。

「お兄さん、どこらへんまでまわるん?」

「どこまででも!」

「ホンマかいな〜」

と、つっこむまでがセットである。

30分、9千円。

「お母さん、乗ってみよ、お金出すし」

もったいない、と母は乗りたがらなかったが、

「なかなか東京から来られへんし」

と、わたしが乗りたがる素振りを見せると、母は、それなら、と納得したようだった。清水寺周辺をまわるコースを選び、母とふたり人力車に乗り込んだ。

青年は人力車を引き始めた。なにぶん観光客が多いからゆっくりとしか進まず、すいすい進む道は単なる民家の路地。どう楽しめるかは青年の話術と人柄にかかっている。

青年は感じがよかった。20代半ばだろうか。ところどころ観光案内を入れつつ、坂道を慣れた様子でのぼったりくだったり。

のぼり坂になるたびに、

「重いやろ？　降りて押そか？」

母は青年に冗談めかして言っていたが、実際、申し訳ない気持ちがあるのだろう。30分9千円もするんだからそれくらいは……と思っているわたしとでは心のやさしさの質が違うのかもしれない。

ずいぶん前にこんなことがあった。

その日は朝から雨だった。わたしは実家に戻っていて、妹家族も遊びに来ていたのだと思う。

「ピザでも取ろうか」

と、わたしは言った。母は反対した。危ない、と言うのだ。わたしたちが注文すると、雨の中をバイトの男の子がバイクで配達しなければならない。

「怪我でもしたらかわいそうじゃないの」

それが母であった。

人力車での観光を終え、わたしたちは土産物屋が並ぶ坂道をのぼり始めた。途中、喫茶店でコーヒーを飲んだ。窓辺の席からは庭が見えた。紅葉の見頃は過ぎていたが、秋のしみじみとした味わいがあった。

二匹の猫を連れた夫婦が外のテラス席に座っていた。猫たちは紐をつけられ、犬のようにひょうひょうと歩いている。

かわいいなぁ。

ふたりでしばらく眺める。

わたしといるときの母と、妹といるときの母は、やはり少し違うのだろう。長女と次女との接し方の違いもあるだろうし、娘たちおのおのの性格もある。

それは父も同じだったのだと思う。わたしといるときの父は少し見栄っ張りだった。

「お父さん、すごいやん」

わたしがなにかで感心すると、いつも本当にうれしそうだった。妹といるときの父をわたしは知らないが、長女のわたしより甘えやすい存在だったのではないか。ふと、こんなことを考えるのも、すべて父が死んだあとだった。

清水寺を観光後、バスで河原町まで出た。

夕飯の店はネットで探したおばんざいの店だ。母を元気づけられるような明るい店がよかった。

京都　おばんざい　女将　楽しい
グーグルのキーワード検索で出てきた店から選んで予約の電話をかけたら、気さくな声がかえってきた。いい店だ。わかる。わたしは自分のカンが信じられた。

バスを降り、店に向かって歩きながら母に言う。

「なんかさ、すごいおもしろそうな女将さんやったで」

わたしは電話でのやりとりを物まねしてみせた。母は「楽しみや」と笑った。

電話のとおり感じのいい女将さんだった。パーンと弾けるような笑顔だ。短いカウンターとテーブル席がひとつ。小さい店はあっという間に予約客で満席に。目の前に家庭料理がずらりとならんでいるのを見ると、どんどん食欲が湧いてきた。

湯葉刺し、肉豆腐、くるみの白和え、万願寺唐辛子のきんぴら、きのこのキッシュ、海老芋の素揚げ、信太巻《しのだま》き。

おいしくて、母とパクパク食べる。女将がいい具合に会話をまわし、ときどき知らぬ客同士が一体になって話すような時間もつくっていく。母も楽しそうに参加していた。

「おおきに、また来てや!」

女将さんがいつまでも店の前で手を振ってくれ、わたしたちも振り返って何度も頭を下げた。

帰りの電車も会話がはずむ。わたしは言った。

「おいしかったなぁ。女将さん、楽しかったし。もしさ、お母さんが一日だけ女将やるんやったらさ、おばんざい、なにつくる?」

母は、「えーっ」と笑いながらも、茄子の揚げ煮、野菜のかき揚げ、切り干し大根の煮付け、などいくつかの料理をあげた。どれもわたしが好きなものだが、どれも母のようにはつくれない。

いつか来る母との別れは、母の料理が失われる日でもあった。なのに、今のうちに習っておきたいという気持ちが起きないのである。

とくに、おはぎ。

母のおはぎが好きで、帰省したらたまにつくってもらう。小豆をどうやって煮ているのだろうと、ちらっと鍋の中をのぞくものの、結局、食べるの専門である。妹は和菓子を食べないので、母のおはぎも食べない。当然、習ってはいないだろう。わたしが教わらなければ途絶えてしまう味なのに、面倒くさいと先延ばしにしているのだった。

酒井順子さんが「暮しの手帖別冊　暮しの手帖の評判料理」（2011年／暮しの手帖社）に寄稿された美しいエッセイを読んだことがある。

お母様が急逝《きゅうせい》され、住む人がいなくなった実家に酒井さんはひとりたたずまれていた。冷蔵庫をひらくと、カレーのストックがあった。

こんなふうに、酒井さんは書かれていた。

「このカレーはおそらく、母親が永遠の外出をする前に、子供に対して残してくれた、最後の『作り置き』なのではないか、と。」

わたしもいつか、そんな料理と対峙しなければならないのかもしれなかった。

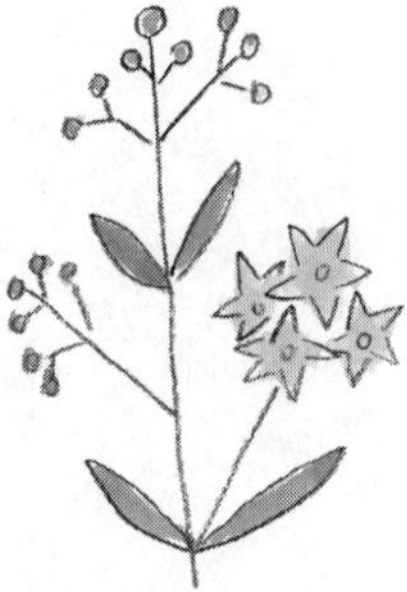

十四　最後のプレゼント

実家で母とふたり過ごす日々が2、3日つづくと、本来の東京での自分の暮らしが霞《かす》んでくる。どんどん母の世界に入り込み、

「いろんなことが過ぎていったな」

ベランダからの夕焼けを眺めつつ、老後であるかのような気持ちになっている。そして、はたと自分がまだ40代であることに気づき、ポンと「時間」をプレゼントされたような感覚になるのだった。

プレゼントといえば、以前「週刊文春」でこんな漫画を描いた。ちなみに連載しているのは、高齢の両親と40歳の娘の三人家族の物語である。

作中の娘は、会社帰り家の近所で父親にばったり会い、やきいもを買ってもらった。

ふたりで家に帰る道すがら、娘はふいに、今夜、父親が急死でもしたらこれが父からの最後のプレゼントになるのだなぁ、と想像する。そんな話だった。

わたしが実際に、父に最後に買ってもらったのはセブン-イレブンのおでんだった。父に買ってもらう最後のものになるかもしれないと思いながら食べたおでんでもあった。

漫画の娘にしても、わたし自身にしても、最後のプレゼントがなにかはもはや重要ではないのだと思う。それは過去に与えられたさまざまなものを思い出させてくれる小道具に過ぎなかった。

父に買ってもらったもののひとつに、セイコーの腕時計がある。雑誌で見て、その宣伝文句に惹かれた。うろ覚えだが、「腕を振って生きていこう」というようなコピーで、腕を振ることによって動く自動巻きの時計だった。

父とふたりでデパートまで買いに行った。わたしが短大生の頃だっただろうか。父は始終、上機嫌だった。年頃の娘と出かけるのが本当にうれしかったのだと思う。ポケットから小さな合皮の財布を出し、4万円近い時計を買ってくれた。

あのときの父はどんな時計をしていたのか。物欲のない人だったから、当然、時計も安物のはずである。晩年の父はフリーマーケットで百円で買ったというジャンパーを愛用していたが、背中には缶コーヒーのロゴがでかでかと印刷されていた。

トリコロールカラーのスプリングセーターを父が買ってきたのは、わたしの誕生日の夜だった。袋にはリボンがついていて、仕事から帰ってくるなり、

「ほれ」

と、渡された。中学生のわたしには少し大人っぽいものだったが、着てみればよく似合った。駅前のケーキ屋の隣に小さなブティックがあり、ショーウィンドウに飾られていたのを買ってきたらしかった。

わたしがあの日もらったのはセーターだったが、それだけではなかった。少し戸惑いつつ店に入ったであろう当時の父を「かわいらしい」と思える未来も一緒にもらったのである。

漫画の中の娘もまた、熱々のやきいもの袋を手に、これまで父親にもらってきたプレゼントを思い出している。作者（わたし）の中ではそういう設定だった。

「いいなぁ」

描きながら、思わず口に出た。

昨日も、今日も、明日も。漫画の中の家族は、みな、変わらなかった。歳もとらず、誰も死んだりしない。父のことと重なって感極まり、原稿用紙に落ちた涙をティッシュで拭きながらペン入れした。

ジッタリン・ジンというバンドの「プレゼント」という曲が好きだった。恋人からのプレゼントを、ひたすら羅列するシンプルな歌詞が、妙に心地いいのである。

女の子には、好きな男の子がいる。その男の子には彼女がいた。だから別れる決心をする。別れる前に、これまで男の子がくれたプレゼントをひとつひとつ思い出す、というのがこの歌の設定である。

女の子はいろんなものをもらったようだった。ボールペン、レコード、屋台の指輪、緑色の傘、お菓子が入った靴。

この曲をカラオケで歌っていると、自分が昔、男の子たちにもらった小さなプレゼントを思い出した。

ピンク色の電子手帳をくれた男の子がいた。携帯電話が普及する、うんと前の話で

ある。家に帰って電子手帳の説明書を読んでいたら、

「それ、便利か？」

テレビを見ていた父が、興味を示して聞いてきた。

「まだわからん！」

面倒くさくて雑に返事した。

なんでもないできごとなのに、あの夜のやりとりを鮮明に覚えている。冬だった。ストーブを背負うようにして座っていた父は白いパッチをはいていた。

いろんなものをもらって大人になったけれど、手元に残っているのはほとんどない。ピンクの電子手帳の最期もしらない。セイコーの腕時計は、ちょっと贔屓して残してある。時計の針はとまっているが、腕に付けて振ればまた動くのだろうか。

今も誕生日になると母からデパートの商品券が届く。「好きなものを買ってください」と、チラシの裏面に書かれた手紙。

年金暮らしなのだからもういいよ。

そう言わなければならないのはわかっているが、もらえるうちはもらっておこうとちゃっかり財布にしまうのだった。

十五　クラスメイトのこと

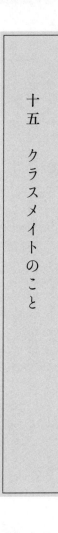

風の便りで同級生が亡くなったことを知る。

小学校で同じクラスになって以来、話すこともなかった男子である。思い出の量はこの先も変わらなかったはずなのに、胸の中に淋しさが染み渡っていった。

わたしの心の中にいる彼は、中学校で見かけたときのままだった。ふざけて廊下を走っている姿。先生に怒られてバツが悪そうにしている姿。大人になったあの子を一度も見たことがないのである。

教えてあげないと。

奇妙なのだが、聞いたとき、まっさきにそう感じた。明日、学校に行ったら教えてあげないと。

「未来にはこういうことがあるから、気をつけなくちゃいけないいんだよ！」

伝えれば、まだ間に合いそうな気がしてならない。

カレンダーをめくってきたほどには、自分の人生が進んでいないように思えるのは、わたしだけではないようだった。

養老孟司さんと南伸坊さんの対談集『老人の壁』にもあった。冒頭で南さんが、「いま67なんで前期高齢者なんですけど、どうも実感ないんです」と言い、「先生は、ご自身を老人だ、と思われますか？」と養老さんに質問する。養老さんは「じきに80ですが、一人でいたら絶対に思いませんね」と答えられていた。それを受けて、「一人じゃわからない。自分はずーっとつながっているから『おれはおれ』なんですね」と言われた南さんの言葉に、そうそう、とわたしはうなずいたのだった。

わたしは、ちょっと世話焼きな子供だった。幼稚園のときは幼稚園の先生になりたいと思っていたし、小学生になったら小学校の先生になりたかった。子供のくせに、子供の面倒をみるのが好きだった。

小学校の4年生くらいだったか、クラスに転校生の女の子がきた。おとなしい子だった。話しかけてもほとんどしゃべらず、うなずいたり、首を振ったりするくらい。

わたしはその子が孤立しないよう心を配った。休み時間は率先して声をかけ、「はないちもんめ」をして遊ぶときは、「〇〇ちゃんがほしい！」と、その子を指名した。ある日、家に帰ったら母に褒められた。保護者会に出席していた母は、わたしが転校生にとても親切にしていると担任の教師から聞いてきたのだ。転校生の女の子が教師に打ち明けたようだった。保護者たちの前で娘が褒められ、母もうれしかったことだろう。

わたしは驚いた。なんの気負いもなく当たり前にしていたことが、突然、評価されたのである。翌日から、転校生に自然に親切にすることができなくなった。

「〇〇ちゃんのためにやってあげようよ」

「〇〇ちゃんも誘ってあげないと！」

つい、そんな言い方になってしまう。褒められた自意識のせいで、転校生ともなんとなくぎくしゃくしていった。クラス替えで離れたときは、どこかでほっとする気持ちがあった。

中学生のときだった。クラスメイトの女の子の母親が病気で亡くなり、学級委員のふたりが代表でお葬式に出かけて行ったことがあった。

お母さんがいなくなる。

想像しただけで、恐ろしかった。そのくせ、授業に出なくていい学級委員たちのことをうらやましいなと見送った。

午後になり、担任と学級委員たちが帰ってきた。自習の時間だったのだと思う。三人は後ろのドアから入ってきて、先生はそのまま教壇に立った。学級委員のふたりは自分の席についていいのか、一旦、前に出たほうがよいのかわからずオロオロしていた。先生がなにを言うのか、みな、静かに待っていた。先生は学級委員に向かって、女の子がどんな様子だったのかとたずねた。学級委員は男女で、男子のほうが一拍置いて「めっちゃ泣いてた」と小さな声でこたえ、教室はいっきに悲しい空気に包まれた。

探し物をしていたときに、小学生時代の作文ノートを見つけた。使われている漢字の量からして3年生くらいなのだろう。

どの作文の最後にも、先生の感想がひとこと書かれていた。

赤ペンで、「たのしそうですね」と、先生の感想があった作文を読んでみた。

学校が終わってから、わたしは友達の家でハムスターを見せてもらったようだった。仲良し三人組だ。ハムスターを見たあとは、公園に行き、テニスをしたと書いてある。テニス？　まったく記憶にない。砂場やジャングルジムの「隙間」でやったのだろうか。

テニスのあとも、ひきつづき公園で遊んだようだ。途中で雨が降ってきたらしい。「雨がふってきたけれど　かさをさしてあそびました」。読んで思わず微笑む。しかし、このあと、事件が起こる。「せきのとりあい」で、ひとりの子とケンカになったと綴られていた。「ちがう道でかえりました」とあるので、別々に帰ったのだろう。

ひとりで歩く家までの道。

雨はやんでいたのだろうか。覚えていない思い出だけど、今もあの日の淋しさは、心の隅に残っているのかもしれない。家に帰ったあと、妹とレストランごっこをしたとある。夜はカレーライスだったらしい。担任はわたしの日記の最後に「たのしそうですね」と赤ペンで書いている。この日、わたしが先生にもらいたかった言葉は、「たのしそうですね」ではなかった気がする。

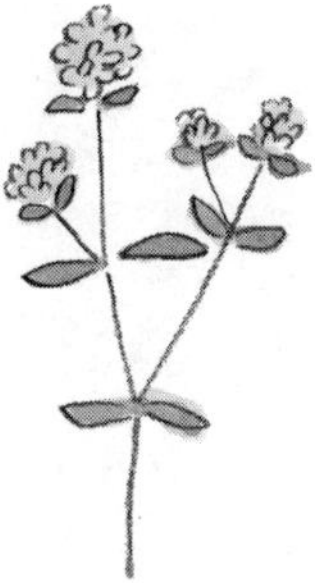

十六　ひとり旅

ひとり旅に出ることにした。

正月休みを利用して、と言っても、勤め人ではないから休みは自分で決められるのだが、年始のひとり旅には特別感がある。

島根県にある足立美術館に行こうと思ったのにはふたつの理由がある。足立美術館が元日も休まず営業しているというのをテレビで見た覚えがあったこと。もうひとつは、父がこの美術館の話をしていたのを思い出したからである。

父が島根に単身赴任していたのがいつ頃だったのかは覚えていないのだが、そのときに足立美術館に訪れたらしく、

「庭がホンマにきれいな美術館や。ゴミひとつ落ちてへんで」

よく懐かしそうに話していた。一度、行ってみるのもいい気がした。

実家がある大阪から岡山までは新幹線で。そこから、「特急やくも」に乗り換え、安来《やすぎ》まで計3時間半ほど。「特急やくも」自体は、岡山から、米子、松江を通って出雲市まで行く列車で、足立美術館がある安来はそのちょうど中間あたりだろうか。

電車に揺られながら、実家で過ごした年末年始を振り返っていた。

大晦日に母と紅白歌合戦を見るのは毎年恒例の行事だ。いつもと違ったのは、父がうろつかなかったことである。

歌番組が嫌いな父は紅白歌合戦にも興味を示さなかったが、母が楽しみにしているので、この夜だけはチャンネル権を放棄していた。自分の部屋で本を読んだり、うたた寝したりして過ごし、たまに居間にやってきては、「そろそろ蕎麦してくれ」やら、「餅焼いてくれ」やら言い、母を台所に立たせていた。父が自室に戻るたびに、「ゆっくり見られへん！」

母は文句を言っていた。

父に邪魔されないはじめての紅白歌合戦。いつもならこのあたりで父が蕎麦を食べる頃だなぁ。わたしが思っているときに、きっと母もさみしさを嚙み締めていたのだろうが、互いに言葉には出さなかった。

明けて正月。簡単なおせちを食べ、とくにすることもないので母とふたりで台所の片付けをした。

増えすぎている小鉢を、

「料亭じゃあるまいし、ちょっと減らせば？」

と、母に促《うなが》す。

捨てろ、捨てろとあまり言うと、逆に捨てたくなくなるようなので、

「これどうする？　大事なやつやったら残しとく？」

やんわりと伺いを立てるようにすると、「いらんわ」と母のほうから捨てていた。

小鉢や皿をあちこち移動させているとき、

「あんた、昨日、えらい大きい声で寝言、言うとったで」

と、母に言われた。

やはり、そうだったか。

夢の中で叫んだのは覚えている。夜半に目覚めたとき心臓がばくばくしていたので、もしかしたら、寝言で本当に叫んでいたかもしれない。そう思いつつ、再び眠りに落ちたのだった。

腹が立つことがあり、胸に残したままの火種が夢の中で再燃したのだろう。眠る前に思い出し、カッカしたのがよくなかった。カッカすればするほど足先は冷たくなり、いつまでも寝付けなかった。

ずる賢く他人の荷台に潜り込むような人がいる。されど、他人の車に乗り続けることはできない。自分の自転車に油を注し、ギコギコ漕ぎつづけるしか前へは進めないのだ。

そんなことを静かに考えられるのもひとり旅ならではである。

安来駅に着くと、列車に合わせて足立美術館行きの無料のシャトルバスが駅前に停まっていた。わたしを入れて5、6人の客が乗り込んだ。田畑を抜け、20分ほどで美術館に到着した。

まずは自慢の庭園から拝見することに。大きな窓から庭園が一望できる喫茶店に入ると、真正面の特等席があいていた。

ソファに腰掛け庭を眺めた。広々とした枯山水の美しい庭園。遠くに見える本物の山までが庭の一部になるよう計算されており、父が言っていたとおりゴミひとつ落ちていなかった。そもそも、客が歩き回るような庭ではないのである。

静かだった。風もないので木々も揺れず、絵の前にいるようだった。父のせっかちな性格を思えば、おそらくこの枯山水にしたってサッと見て終わりだったに違いない。

わたしにもせっかちなところがある。顕著に出るのが料理である。あるとき、帰省中にてきぱきと梨を剝いて出したら、母も妹も芯の部分を少し残していた。「てきぱき」はよいが、雑なのだ。食器を洗わせても手際がいい。しかし、見る人がみれば「洗えていない」となるのだろう。思えば小学校の工作も、気持ちばかりが前に進み、いつもおおざっぱな仕上がりだった。

庭を堪能《たんのう》した後は、日本画展や、横山大観コレクション選、北大路魯山人《きたおおじろさんじん》の陶芸などが展示されていたので、ゆったりと鑑賞した。

予約していたのは米子市内のホテルだった。

夜、駅近くの銭湯まで行ってみた。観光案内所でもらった地図に載っていた「米子湯」という小さな銭湯。湯船が深いのが気に入った。子供の頃に通っていた銭湯も湯船が深く、足が届かぬ子供たちは母親に巻き付いて入っていたものだった。もしかすると、父もこの「米子湯」を利用していたのかもしれない。父の単身赴任先は、確か米子だった。

団地の建て替え後、我が家にも念願の内湯ができたというのに、狭い風呂は嫌だと銭湯に通いつづけた父。だから、ここでもホテルの風呂ではなく「米子湯」に通っていた可能性はあった。それも、もう確認することはできない。あとになって知りたいことがぽろぽろ出てくる。

父が日本中のどこで仕事をしてきたのか聞いていたつもりでいたが、覚えていないものだった。こんなことなら白地図でも買い、

「仕事したことがある場所にマルしてみてよ」

などと言っていたら、父はどれだけ喜んだだろうか。

「米子湯」の壁画は、絵本作家の長谷川義史《はせがわよしふみ》さんの絵だった。富士山と、海と、砂浜を走る一家の絵。平和だ。ほんわかした絵を眺めながらぬるめの湯船につかった年はじめ。その夜、もう悪夢は見なかった。

十七　桜花咲く頃

東京の桜が咲き始めた。

桜はどこのもきれいだけれど、小学校の桜はいっそう澄んで見える。

父が死んで半年が過ぎ、父を思い出さない日のほうが、俄然、多くなった。

けれど、ふいに街の景色に引っ張られ、心が揺さぶられることもある。

近所の小学校の桜を見上げながら、わたしはこの先も、毎年、少し後悔するのだろうかと思った。

一年前。

ちょうど実家に帰っているときに桜が見頃になっていた。夕飯のときに堤防の桜並木の話題になる。

「明日、ふらっと見に行こうよ」

とわたしは母を誘った。母は行こうと喜んだ。

「今年はまだ桜見てへんなぁ」

と、父が言った。

毎日、堤防までウォーキングしに行っている父であるが、夜が明けない早朝に歩くので、花見という感じではなかったのだろう。まだ見ていない、とは昼間に見ていないの意味であった。

誘われたいのである。一緒に桜を見に行きたいのである。しかし、自分からは言い出せない。それが父だった。

三人で行くのもいいかもしれないと思ったのだが、せっかちな父が一緒だと気をつかう。母にしたって、たまには娘とふたりでのんびりしたいだろう。

わたしは母を選んだ。

父は、「今年はまだ桜見てへんなぁ」をもう一度口にしたが、わたしはそれを父のひとりごとのように流し、結局、誘わなかった。

堤防の桜はたいそう美しく、近所の人たちがシートを広げて花見をしていた。

「こんにちは！」

挨拶しつつ進む小道。桜は両側からアーチをつくって空をおおっていた。

歩きながら、わたしは、やはり父を誘えばよかったと思っていた。父と母と三人で桜並木を歩くことなど、この先、そう何度もないはず。事実、父は半年先の秋にこの世を去るのである。

あの日、三人で堤防を歩いていたら、わたしたちはどんな話をしたのだろう。

父は近所の人たちに「ええ天気ですなぁ」などと片手をあげて挨拶しただろうか。それとも、照れくさそうに笑っただけだろうか。

「べっぴんさんふたりとええなぁ」

近所の人たちが父を冷やかす掛け声までが想像できた。

後悔はもうひとつあった。ケンタッキーフライドチキンである。店先を通るとき、しゅんとした気持ちになる。

昔から父の好物だった。

「ケンタッキー食いたないか?」

と、父が聞いてくるときは、自分がものすごく食べたいときなのだが、一応、家族の誰かに同意をもらいたいようで、「食べたい」と一声あがれば、

「ほな、買うてくるわ」

いそいそと車で出かけ、大量に買ってきた。

なんでこんなに買うん!?

家族の誰もが思ったが、機嫌をそこねたくないのでだまっていた。父にしても、好きなわりに量は食べないのである。

それでも、わたしは父のこういうケチくさくないところがやはり好きだった。父の一番好きなところだったように、今となっては思う。父が買ってくるケンタッキーフライドチキンは、翌日のわたしと妹の弁当にまで入れられていた。

体調をくずした父が、入院先の病院での食事中、

「ケンタッキー、食いたいなぁ」

と言った。

あのとき、わたしはなんと返事をしたのだったか。

「もうちょっと体力つけてからな」

とでも言ったのかもしれない。

翌日、わたしは東京に戻らねばならず、その前に、父にケンタッキーを買っていこうか、と考えた。あまり食欲はないようなので、ほんの一口しか食べられないだろうが、その一口が食べたいのだろう。

しかし、駅前のケンタッキーフライドチキンまではバスに乗らねばならなかった。家からバス停まで歩き、バスを待ち、なんやかんやで帰ってくるまでに1時間以上かかる。考えていたら面倒になってきて、結局、母が剝いた柿を持って見舞った。柿を食べ終え、父はゆっくりとベッドに横になった。

この父が、わたしには最後の生きている父の姿になった。

病室を出るわたしに、

「また来てや」

と、父は静かな声で言った。

桜並木とケンタッキーフライドチキン。

並べて書いてみればなんの脈絡もない。

しかし、どうだろう。素直に気持ちを伝え、面倒くさがらずに生きろという父からの最後の教訓と受け止めることもできる気がした。

十八　わたしの子供

さんざん親のことを書いてきた身でなんだが、もしわたしに子がいたとしたなら、あれこれと勝手に書かれたくないものだと思う。
しかし、どうだろう、書いてほしいように書かれるのなら考えてもいい気がする。たとえば、出だしは、「旅が好きな人だった」くらいの軽やかさならば悪くない。その後、こんなふうにつづくのはどうだろうか。

「旅が好きな人だった。と言っても大げさなものではなく、国内をほんの2日、3日行くような旅である。出発する朝に手早く荷物をまとめ、お土産買ってくるからね、とふらりといなくなる。母は旅に気負いのない人だった。そして『ただいま、はい、これ』と渡された土産の饅頭の箱を開けると、たいてい、ひとつふたつ減っているのである。土産を旅先で先に食べる大人がどこにいようか」

母親のおちゃめな面もチラリと入れつつ、旅に出ていろんなことを経験した人なのだという印象に持っていくのは気がきいている。

実際、わたしは旅が好きだった。平日の夕暮れ時、ふと、これからならまだ旅に出られるな、と思うこともある。

旅先で土産を食べてみるのもよくやる。おいしかったらもっと買っておかなきゃと思うし、単に小腹がすいてということもある。

夜。旅先のホテルの部屋で、いかにも「土産用です」というすました菓子箱をがさがさと開けるときの軽い罪悪感。饅頭なり、団子なりをひとつ取り出して食べる。たいてい思っていたとおりの味で納得する。

いろんな気持ちのときに旅に出たくなる。

時間があるときも、反対に、忙しいときにも飛び出したい。おだやかな気持ちのときにもどこかへ行きたいと思うし、つらいときもまた行きたい。

つらいときに出る旅は、なにも考えたくないからではなく、やはり、考えたい旅なのだと思う。考えすぎて、那覇の国際通りのコンビニで大きなひとりごとを言ってギョッとされたこともあった。

我が子ならば、旅以外の母の趣味にも触れてほしいところだ。ピアノのことなんかは、割合、よいと思う。たとえばこんな具合に。

「母がピアノを始めたのは40を過ぎてからである。家族の誰もが長つづきしないと思ったのに、彼女は週に一度、ピアノ教室に出かけずいぶん長く習っていた。そのわりに、ピアノを買うわけでもなく、家でもほとんど音楽を聴かない人だった。ただ、音楽には、深い敬意を払っていたように思う。母のピアノを何度か聴いたことはあるが、家電量販店に並んでいるピアノの試し弾きくらいであった」

ピアノは習っているが、週に一度鍵盤に触れるだけなので、いつまでたっても上達らしい上達はしない。ただ、習うことには飽きなかった。

わたしのピアノレッスンは読書に近い気がする。誰かに聴いてもらいたいというわけではなく、とても個人的な楽しみだった。

若い女の先生は、明るくて感じのいい人だ。お手本で弾いてくれる手にはシミひとつなく、白いというより、すけた血管のせいでほのかに青い。その青い若々しい手が鍵盤に触れ、植物の蔓《つる》のようになめらかに動くのを見ていると、自分のたどたどしい演奏をこの人に毎週聴かせていることが申し訳なくなる。それで、何ヶ月かに一度は謝っている。

「先生すみません、美しい音楽が好きで音大に行かれたような方に、わたしのピアノをお聴かせして……」

もちろん、冗談めかしに謝るのだが、それは本心でもあった。「そんな、そんな」と先生は笑うが、美しいものを愛する人には失礼きわまりない行為のように思えるのだった。

とは言え、ピアノは楽しい。

弾いているときに、ああ、ここは美しいなぁと感じる部分にさしかかると、本当にうれしい。たとえばバッハの「G線上のアリア」。バッハが美しいと感じたのを、わたしも美しいと感じているのだな、と想像するだけで、自分のつたない演奏でもうれしいのである。時代も国も飛び越え、美しさは存在していた。

趣味の話はこのくらいにして、やはり娘には母親の容姿のことも、感じよく書いてほしいところである。

「口にはしなかったが、母は自分の髪が自慢のようだった。老いてもつやがあり、鏡の前でとかしている姿には、どこか色気があった。わたしが母に似てよかったと思うのは髪である」

なんてことくらいは、気をつかって書くのだゾと思う。

髪は昔からよく褒められた。20代の頃だった。デパートの化粧室で手を洗っていたら、後ろのほうから小さな声が聞こえてきた。

「ね、あの人の髪、すごくきれい」

「ほんとだ！」

首を振り、長い髪をサラサラさせつつ、自慢げに出口にむかったものだ。わたしの場合は髪であるが、これが「顔」の人は、どんなに気持ちがよいだろう。

母親の交友関係なども、子供ならば多少、書くとよいのかもしれない。

「家に友達を呼ぶこともあったが、母は外でお茶をするのが好きな人だった。家族との夕食が済んだあとでも、ちょっと出てくるわね、と、カフェでよく友達と会っていた。どんな話をしているかと聞いたことがあるが、おいしいものとか、映画のこととかかな、と言っていた。

母には、いわゆる物書きの友人はいないようだった。『わたしが死んだあと、わたしのことを知っているみたいに書き始めるような作家が出てきたら、その人、信用しないほうがいいわよ』。あのときの母の口調はぴしゃりと冷たかった。他人の主観で自分を語られたくなかったのだろうか。ならば、自分の子供に、こんなふうに語られることもまた、母にしてみればおもしろくないはずだった」

十九　卓袱《しっぽく》料理

母と駅前のカラオケに出かけた。

帰省したとき、たまに母とふたりで歌いに行く。安いカラオケルームなのだが、部屋もきれいでドリンクは飲み放題。食べ物の持ち込みもＯＫなので、いただきものの饅頭をスーパーの袋に入れて持参している。それをコーヒーとともに食べつつ、交互にマイクを握るのだった。

最近は、わたしも演歌や昭和歌謡が楽しくなってきた。

ある曲をわたしが歌っているときだった。

母が首をかしげて言った。

「この花、いい匂いちゃうで」

カラオケの画面には、野原一面にオレンジ色の花が咲いている映像が流れていた。

若い女性がその花に鼻を近づけ、いかにも「いい香り！」という顔をしている。「この花、いい匂いちゃうで」は、それを見た母のひとことであった。

わたしはマイクを持ったまま、

「え、そうなん？」

と聞き返した。

「だってこれ、虫除けの花やで」

母が真顔で言うものだから、思わず吹き出してしまった。釣られて母も笑い、そこからはふたりで腹を抱え笑い合った。

カラオケ店を出て夕飯のおかずを買いにショッピングセンターに立ち寄る。途中、野菜の苗を売る店の前を通った。

母が言った。

「お父さん、ここの苗もよく買うてたよ」

思い出は、街のそこここに散らばっている。

ショッピングセンターの食品売り場で、なに食べる？　これ買おうか、とふたりで見て回っているときも、

「お父さん、ここの回転焼き好きやった」

「ここの肉まんも好きやった」

と、立ち止まる。

わたしもよく、食べ物で父を思い出している。

卓袱料理もそのひとつである。

父が長崎に単身赴任していたときに食べたという卓袱料理の話は何度聞かされたかわからない。いろんなごちそうが順に出てくるコース料理らしく、長崎の郷土料理なのだとか。毎度、得意になって話していた。

「卓袱料理で一番最初に出てくるもんはなにか知ってるか?」

と、父が問うてくる。

知っている。お吸い物だ。

何回も聞いているので覚えている。しかし、知らないふりをするのが我が家の暗黙のルールであった。

「お吸いもんや」

父は、嬉々として言った。

「卓袱料理の最後に絶対に出てくるもんがあるんや。なんやと思う?」

と、また父が問う。

知っている。ぜんざいだ。

「ぜんざいや」

得意げな父。こちらの醒めた反応などまったく気にならないらしく、また忘れた頃に(忘れないのだが)卓袱料理クイズが出題されるのだった。

さすがに、ショッピングセンターの食品売り場に卓袱料理はないけれど、インスタントのお吸い物の棚の前を通れば、ふと父の不在を思う。

故人にゆかりがある食べ物に反応するのは、なにを意味しているのだろうか。

確かに生きていた。生きてなにかを食べていた。

その人がいたことの証明であるような気がするのかもしれなかった。


母とおいしそうなものをあれこれ買い、バスに乗って家に帰る。団地の敷地にキンセンカの花が咲いていた。いわずもがな、例の虫除けの花である。

母が笑って嗅げというので嗅いでみた。

「別に匂いせえへん」

「それ、葉っぱが臭いねん。葉っぱ、嗅いでみ」

母の指示のもと葉の匂いを嗅ぐと、たしかに独特の匂いがあった。仏花にも使われるきれいな花であるが、カラオケでのシーンを思い出し、わたしたちはまたひとしきり笑った。

二十　ハロウィンの夜

その夜は、ハロウィンだった。わたしはそれとは関係のない、小さなパーティの席にいた。頃合いを見計らい、一足先に店を出た。

酔い醒ましに歩こうと思った。終電にはまだ時間があったので、二駅歩き、渋谷から電車に乗って帰ることにした。東京の青山や表参道あたりなら、ショーウィンドウを眺めながら歩けば、二駅などあっという間の距離である。

渋谷駅に近づくにつれ、すれ違う人の様子がどんどん変わってくる。ゾンビや魔女、ウォーリーや赤ずきん。ハロウィンの仮装の人々だ。ゾンビも魔女も、連れ立って歩いているぶんにはよいが、友達との待ち合わせ場所に向かうのか、ひとりで歩いている仮装の人は所在無さげである。仮装したガイコツの目だけが素なのである。

渋谷のスクランブル交差点には警察官も大勢出て、仮装集団のための交通整理が行われていた。もみくちゃにされることはわかっていて、わたしはここまで歩いたのである。

楽しそうにしている若者を見たかった。虚構の中に身を置き、ふわふわと漂っていたかった。つかの間の現実逃避である。

おもいおもいに仮装して、秋の夜空の下に集まっている若者たち。今この時とばかりにはしゃいでいる。

楽しめ、大いに楽しむのだ。一度の人生ではないか。

翌朝、父の訃報を知らせる電話がかかってくることも知らず、わたしは明るい気持ちでスクランブル交差点を渡り終えた。

ハロウィンという言葉を知ったのは、10代の終わりだった。

友達と買い物に出かけた大阪の街で、雑貨屋のチラシを受け取った。チラシにはハロウィンの説明とともに、お菓子がもらえるという情報があった。チラシに載っているTシャツ姿の人に、

「トリック　オア　トリート（お菓子をくれなきゃいたずらするぞ）」

と言うだけでいいらしい。

「タダでお菓子やって！」

わたしたちはチラシのTシャツの人を探し、大阪駅周辺を歩き回った。

「あの人ちゃう？」

「ちょっと近づいてみよ」

それらしき人を付け回すものの、よく見るとみな違った。結局、Tシャツを着ているのは、雑貨屋の店内にいる「店員」という意味であることが判明し、

「知らん人にヘンなこと言うとこやったな……」

後になって苦笑い。

わたしたちは雑貨屋のお兄さんに、「トリック　オア　トリート」と、もじもじと言い、アルバイトらしき彼もまた、もじもじとキャンディをくれた。互いに、まだハロウィンを知らなかった時代である。

そんなハロウィンも、今やバレンタインを上回る経済効果であるらしい。仮装して街へ繰り出す若者たちの様子がニュースなどで大きく報道されるようになった。

仮装の楽しさはわからないでもない。ハロウィンの仮装の経験はないけれど、わた

しも過去に何度か仮装をしたものだった。

宝塚歌劇の衣装を着て写真を撮ったことがあった。宝塚観劇に一緒に行った友人たちとともに、みなで異国の姫に変身した。京都で「舞妓《まいこ》さん」になったこともある。

愛知県、犬山の野外民族博物館に行ったのは30代の半ばだっただろうか。世界各地の民族資料が展示されている、その名のとおり巨大な野外博物館である。世界の民族衣装を着て記念撮影もでき、コスプレ好きの友人ふたりに誘われて出かけて行った。

インドのコーナーでは、インドの民族衣装サリーを身につけた。係の人がたった一枚の布をくるくるとからだに巻き付け、一瞬でわたしたちをドレス姿に変身させた。

そういえば、子供の頃、通っていた銭湯でわたしはあることを真剣に考えていた。もし、今、お風呂屋さんで火事がおこったとしたら、バスタオルを「洋服に見えるように」からだに巻いて外に逃げよう。

バスタオルの端を首の後ろで結び、胸を隠すように、といっても子供なので平らなのだが、一応、隠し、腰からお尻に巻き付ければバスタオルのワンピースが完成した。のちのバブル時代、お立ち台で踊っている女性を見て、「バスタオルのワンピースに似ている」と懐かしんだ。

インドのサリーの他にも、ドイツのコーナーでは白雪姫風のドレス、韓国では艶やかなチマ・チョゴリ。南アフリカでは、ンデベレ族の民族衣装にも挑戦した。ごつい毛布のような布を肩に掛け、頭には真っ赤な帽子。これがなかなかかわいくて、ばしゃばしゃ写真を撮ってはしゃいだものだった。

生まれてから死ぬまで、わたしたちは他の誰にもなれない。ならば、つかの間、仮装で姿を変え、浮かれてみるのもよいではないかと思う。


カレンダーの数字が風で吹き飛ばされていくように、冬も、春も、夏も過ぎ、再び秋がめぐってきた。

店先にはカボチャの飾り物。ハロウィンの季節である。

心の中に穴があくという比喩があるが、父の死によって、わたしの心の中にも穴があいたようだった。大きいものではなく、自分ひとりがするりと降りていけるほどの穴である。のぞいても底は見えず、深さもわからない。

しばらくは、その穴の前に立っただけで悲しい。

それは、思い出の穴だった。穴のまわりに侵入防止の柵があり、とても中には入って行かれなかった。

けれども、しばらくすると侵入防止柵を越え、穴の中のはしごを降りることができる。

あんなこともあった、こんなこともあった。一段一段降りながら、懐かしみ、あるいは、後悔し、涙が込み上げてくる手前で急いで階段を上がる。その繰り返しとともに、少しずつ深く降りて、しばらく穴の中でじっとしていられるようになっている。

「あのときのお父さんは、やっぱり許せん！」

などと、腹を立てることすらあるのだった。

今年のハロウィンも、あちらこちらで仮装の若者が賑わうのだろう。

トリック　オア　トリート（お菓子をくれなきゃいたずらするぞ）。

いたずらなんかしたら、父は青筋を立て、本気で怒ったに違いない。

怒った顔すら懐かしくなることもあるんだろうか？

いや、さすがに癪《しゃく》に障るので、そればっかりは懐かしんでやるもんか、とわたしは思った。

二十一　コロンの記憶

言葉が感情をつれてくるんだ。

夕暮れ時、自転車でスーパーに向かいながらわたしは思った。

今はもうこの世界にいない好きだった人たち。頭の中に浮かんだ「会いたいなぁ」という言葉が悲しみを連れてくる。

連れてくるのは悲しみだけではなかった。

いくつもの懐かしさ。その人の笑い声や、口笛や、大きなくしゃみ。冷蔵庫をのぞきこんでいた後ろ姿までが思い出されるのであった。

飼い猫のことも思い出す。キジトラの雄猫。名はコロン。名付け親は妹だった。さわると噛みついた。抱っこもきらい。膝の上に乗ってきてくれたことなど一度もなかった。ふれあえない猫であったが、家族はみなコロンを大事にして、中でも、

「わしは猫はスカン！」

と言っていた父が一番かわいがった。

猫も父になつき、

「コロンべぇ」

父が呼ぶと飛んでいった。おやつをくれる人、として認識されていたに違いない。

実家に戻っていたある時、廊下で父がコロンに話しかける声が聞こえた。

「コロンべぇ、お父さん、もう寝るぞ」

娘ふたりも家を出て、妻と猫との日々。「お父さん」と呼ばれることがなくなった家で、父はコロンのお父さんになっていた。それを聞いたときの淋しいような気持ちがまだ胸に残っている。

父が死んで1年が過ぎた頃だっただろうか。

帰省中はいつも父が使っていた部屋で寝起きしているのだが、夜中、トイレに立った時にふすまを勢いよく開けてしまった。

まるで父の開け方にそっくり。

どこかで寝ていたコロンが慌ててやってきた。

覚えていたのだ。

わたしは暗い部屋でコロンに言った。

「コロちゃん、お父さん、もうおらんのやで」

言ったとたん泣けてきた。

おじいさんになったコロンは機嫌よく背中をなぜさせてくれるようになっていた。

そのコロンももういない。

自転車をこぎながら、

「コロンなぜたいなぁ」

と言ったら鼻の奥がツンとした。夕日の中、よいしょ、よいしょとペダルを踏んだ。

文庫あとがき

何歳くらいだったか、とにかくわたしがまだ小さかった頃。

福井の山奥に暮らす祖父母の家に家族で向かっていたときのことである。

細くて急な山道。車は通れない。山のふもとから歩いて登っていると、一匹のヘビが通せんぼするように横たわっていたそうな。

父はなによりもヘビが苦手だった。目にしたとたん、妻と娘を置き去りにしてすたこら逃げたという。

山育ちの母はまったく動じず、父だけが血相変えて走っていった。

「ふつう、ひとりで逃げる？」

わたしは幼かったので記憶にないが、今も母がこの話をすると大笑いしてしまう。

父の死から4年が過ぎた。

ずいぶんと昔のことのように感じられる。思い出して涙することもなくなり、懐かしさが大きくなっている。

振り返ってみれば、どんな言葉も時間ほどの力は持っていなかった。

それは父の死による学びだった。

益田ミリ

2021年　冬

本書は二〇一八年一月に小社より刊行されました。
「コロンの記憶」は朝日新聞（二〇一九年七月十二日付）
に掲載された「もうおらんのやけど」を改題しました。

益田ミリ（ますだ・みり）
1969年大阪府生まれ。イラストレーター。
おもな著書に『今日の人生』（ミシマ社）、
『すーちゃん』（幻冬舎）、
『沢村さん家のこんな毎日 平均年令60歳』（文藝春秋）、
『僕の姉ちゃん』（マガジンハウス）、
『マリコ、うまくいくよ』（新潮社）、
『小さいコトが気になります』（筑摩書房）、
『考えごとしたい旅 フィンランドとシナモンロール』（幻冬舎）
などがある。

引用文献『老人の壁』（養老孟司・南伸坊／毎日新聞出版）
校正　有賀喜久子　ＤＴＰ　間野成

毎日文庫

永遠《えいえん》のおでかけ

印刷 2021年1月20日
発行 2021年2月5日

著者 益田《ますだ》ミリ
発行人 小島明日奈
発行所 毎日新聞出版
東京都千代田区九段南1-6-17 千代田会館5階
〒102-0074
営業本部 03(6265)6941
図書第二編集部 03(6265)6746
ブックデザイン 鈴木成一デザイン室
印刷・製本 光邦
 ISBN978-4-620-21033-9